U0018362

有溫度的唐詩

穿越唐詩，邂逅那個時代，
相遇那些詩人

李靜——著

目錄

序　心與心的距離　9

卷一　春光裡．且向花間留晚照

夜來風雨聲，花落知多少——春夜裡的無限遐想　孟浩然　14
好雨知時節，當春乃發生——成都的夜雨　杜甫　17
兩個黃鸝鳴翠柳，一行白鷺上青天——有聲亦有色　杜甫　21
不知細葉誰裁出，二月春風似剪刀——春風的神奇與靈巧　賀知章　25
月出驚山鳥，時鳴春澗中——春山之靜　王維　28
亂花漸欲迷人眼，淺草才能沒馬蹄——綠楊蔭裡西子湖畔　白居易　32

卷二　秋風起．又見湖邊木葉飛

自古逢秋悲寂寥，我言秋日勝春朝——獨闢蹊徑，不走尋常路　劉禹錫　38

停車坐愛楓林晚，霜葉紅於二月花——深秋山林景色佳　杜牧　42
長安一片月，萬戶擣衣聲——征夫之妻的不眠夜　李白　45
野曠天低樹，江清月近人——寫在煙霧朦朧的小洲邊　孟浩然　49
無邊落木蕭蕭下，不盡長江滾滾來——疾病纏身的遊子視角　杜甫　53
桂魄初生秋露微，輕羅已薄未更衣——月從東方升起　王維　57

卷三　邊塞外・羌笛悠悠怨楊柳

大漠孤煙直，長河落日圓——河水吞吐日月的氣勢　王維　62
醉臥沙場君莫笑，古來征戰幾人回——將生死置之度外的氣魄　王翰　66
但使龍城飛將在，不教胡馬度陰山——耐人尋味的弦外之音　王昌齡　70
黑雲壓城城欲摧，甲光向日金鱗開——日光下的片片金鱗　李賀　74
胡雁哀鳴夜夜飛，胡兒眼淚雙雙落——男兒有淚不輕彈　李頎　78
更催飛將追驕虜，莫遣沙場匹馬還——堅信必勝的豪邁情懷　嚴武　82

卷四　別離時・一片冰心在玉壺

我寄愁心與明月，隨風直到夜郎西——明月知我心　李白　88
勸君更盡一杯酒，西出陽關無故人——壯舉背後的艱辛寂寞　王維　92
莫愁前路無知己，天下誰人不識君——多胸臆語，兼有氣骨　高適　98
海內存知己，天涯若比鄰——愛，即永恆　王勃　102
聖代即今多雨露，暫時分手莫躊躇——皆是嘆息　高適　106
故人西辭黃鶴樓，煙花三月下揚州——充滿詩意的離別　李白　109

卷五　愁緒中・別有一般滋味在心頭

抽刀斷水水更流，舉杯消愁愁更愁——鬱結之深，憂憤之烈，心緒之亂　李白　114
晴川歷歷漢陽樹，芳草萋萋鸚鵡洲——渺茫不可見的境界　崔顥　118
海日生殘夜，江春入舊年——詩苑奇葩，艷麗千秋　王灣　122
兩處春光同日盡，居人思客客思家——思念是一種很玄的東西　白居易　125
垂死病中驚坐起，暗風吹雨入寒窗——再遠，也是牽掛　元稹　129

卷六　愛正濃・願作鴛鴦不羨仙

此情可待成追憶，只是當時已惘然——向來情深，奈何緣淺　李商隱　134
在天願作比翼鳥，在地願為連理枝——永生相隨　白居易　138
身無彩鳳雙飛翼，心有靈犀一點通——心心相印才最美　李商隱　142
曾經滄海難為水，除卻巫山不是雲——除卻你，別人都是將就　元稹　146
東邊日出西邊雨，道是無晴卻有晴——一景兩色，一石二鳥　劉禹錫　150
春心莫共花爭發，一寸相思一寸灰——低成一朵花，開在塵埃裡　李商隱　153

卷七　紅塵裡・古今情懷各不同

南朝四百八十寺，多少樓台煙雨中——滄桑歷史的遺留　杜牧　158
淮水東邊舊時月，夜深還過女牆來——潮水如昔，拍打寂寞的城　劉禹錫　162
東風不與周郎便，銅雀春深鎖二喬——消失的光年　杜牧　165
商女不知亡國恨，隔江猶唱後庭花——浩渺寒江上的淫靡之曲　杜牧　169
人世幾回傷往事，山形依舊枕寒流——西塞山懷古　劉禹錫　172

舊時王謝堂前燕，飛入尋常百姓家——繁華不再的烏衣巷　劉禹錫　176

卷八　山水間．明朝散髮弄扁舟

故人具雞黍，邀我至田家——盛情難卻的鄉情　孟浩然　180
借問酒家何處有？牧童遙指杏花村——紅杏盛開的驚艷　杜牧　183
潭清疑水淺，荷動知魚散——春光倒影裡的溫婉情誼　儲光羲　186
兩岸猿聲啼不住，輕舟已過萬重山——收拾心情，信步而行　李白　190
明月松間照，清泉石上流——白雲之間淡泊的眼　王維　194
白雲回望合，青靄入看無——茫茫雲海，濛濛青靄　王維　198

卷九　禪心內．何處惹塵埃

澄江明月內，應是色成空——迥然出塵的灑脫　張說　202
寧知人世裡，疲病苦攀緣——功名利祿有如猴猿攀木　陳子昂　206
看取蓮花淨，方知不染心——出淤泥而不染的高潔　孟浩然　210

坐覺諸天近，空香逐落花——通感的藝術　孟浩然　214
曲徑通幽處，禪房花木深——一切盡在不言中　常建　218
行到水窮處，坐看雲起時——生命本是一場美麗的邂逅　王維　222

卷十　志難酬．弦斷有誰聽

念天地之悠悠，獨愴然而涕下——何處有明君　陳子昂　228
呼兒將出換美酒，與爾同銷萬古愁——千醉解憂愁　李白　233
晴川落日初低，惆悵孤舟解攜——孤舟無所依　劉長卿　238
可憐夜半虛前席，不問蒼生問鬼神——歷史的丑角　李商隱　241
欲濟無舟楫，端居恥聖明——仰慕賢主　孟浩然　245
出師未捷身先死，長使英雄淚滿襟——壯志未遂的悲愴　杜甫　249

後記　何以唐詩　253

序

心與心的距離

每當我想起西雙版納，一陣綠雨在眼前輕輕降下。女作家冰心寫雲南，如是說。世人於唐詩的感情，莫過如此。

每當遙想那個遙遠的時代，浮現於腦海中的便是五顏六色的炫目世界，彷彿空氣中都飄蕩著迴響的絕音。天空依舊高遠而純粹，在歷史長河中始終屹立不倒的不是帝王將相，不是寵妃優伶，而是那一位又一位詩壇的奇才。他們的身影在詩詞裡穿梭著，在寒風中守望著，散發著陳舊的氣息，瀰漫著記憶的味道。

書卷上的詩詞慢慢幻化成一個又一個人格符號，分不清頭尾，更無法標點。那千餘年堆積的信息，便如潮水一般淹沒著讀者的大腦，也許，只有在品讀他們的詩作時，才能在幾千年的時空中拉近心與心的距離。

念天地之悠悠，獨愴然而涕下。這般痛哭流涕，不愧是齊梁以來兩百多年中沒有聽到過的洪鐘巨響，這般痛心疾首的詩句，非任俠使氣的陳子昂不能寫成。他是身繫蒼生、不畏迫害的政治家，是出征沙場、兩次從軍的大將，更是唐代詩風轉變的轉折點，一度被後人尊稱為「詩骨」。

陳子昂的一生是高低起伏不斷的，宦海浮沉卻始終不能磨滅其人性的光輝點。雖然最後被人迫害，冤死獄中，但其光明磊落的人格魅力將與他不朽的詩作一道流芳百世。

酒入豪腸，七分釀成了月光
剩下的三分嘯成劍氣
繡口一吐，就半個盛唐

穿過初唐的清淺時光，迎面而來的是大唐飛歌的時代。余光中在歌詠李白時曾寫下這樣的句子，在大唐飛歌的浩浩長風中，也許只有李白才是最為灑脫飄逸的了。他將對人性的張揚，對理想的追求，對人生的禮讚，對生活的嚮往統統融入手中的酒杯和頭上的月光裡，繼而輕輕張開繡口，詩的精魂便噴薄而出，漂蕩在流淌千年的詩河中……他是一個純真的人，純潔如月光，於是也將所有的情感寄託給明月。月缺白無味，白無月不逸，也許就是最好的詮釋。只有在白色的月光中，李白才能做真正的自己，也無愧於「詩仙」的盛讚。

漸行漸遠漸無聲。大唐的歌舞昇平、錦繡長安漸漸消失了，最先是溫度，然後是容貌，最後是聲音，再最後也許就是記憶了。歷史總是無情，除了流傳下來千古不衰的詩詞文章，其他皆如過眼煙雲。但在這縹緲的浮塵中，他一身青衫，煢煢孑立，神色愴然，他的詩被稱為「詩史」，他的人被稱為「詩聖」，他是杜甫。

細雨濛濛，落葉飄飄。在這風雨飄搖的動盪時代，在那詩魂沉吟的草堂，杜甫的詩作如長河激浪，如深潭照物，於宣紙筆墨間，映現出一代河山的風雲變幻，一代生靈的生死探索。這些詩作，如同晨鐘暮鼓，永遠迴響在華夏的蒼穹。

國家不幸詩家幸。杜甫的命運和歷史角色在命運的股掌間就這樣確定了。今天的作者再度回味那首〈茅屋為秋風所破歌〉時，卻發現，在詩聖眼中，個人的遭遇早已化為虛無。安得廣廈千萬間，大庇天下寒士俱歡顏。寒苦至極，仁義亦至極！

風雨飄搖的王朝拋棄了杜甫，歷史卻在風雨中造就了杜甫，這是杜甫的大幸還是杜甫的不幸，誰也說不清楚。

這便是唐朝詩歌的魅力了。總是將生命的樸素表現在皇皇詩作中，讓人咀嚼才得人生百味，讓人觸碰詩人之心靈才得人生真諦。

卷一——春光裡・且向花間留晚照

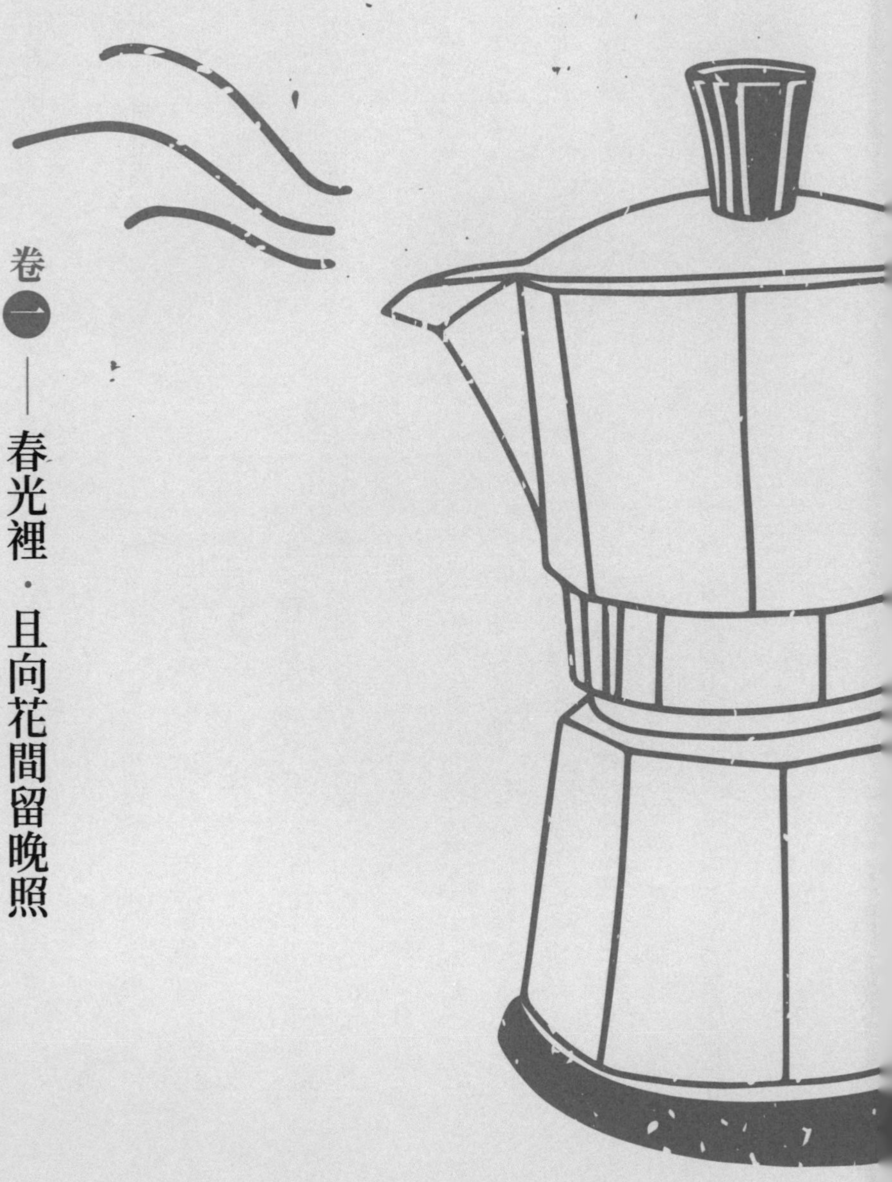

夜來風雨聲，花落知多少

——春夜裡的無限遐想

〈春曉〉　孟浩然

春眠不覺曉，
處處聞啼鳥。
夜來風雨聲，
花落知多少。

翻開《全唐詩》，一首〈春曉〉驀然落下。

思緒在春日的清晨緩緩展開，在這美麗的畫布上，忽然閃爍著那風、那雨、那鳥鳴、那花落……溫暖的記憶重新湧動在生命的旋律裡，汩汩流淌。

春，是一個很神奇的季節。世間萬物都在這溫暖的時光裡悄然變幻新生命的姿態，一切如此神祕又如此清晰。一年之計在於春，一日之計在於晨。春光融融本是一年之始最美好的季節，若是再與晨曉相搭，這撲面而來的清新之氣越發讓人喜不自禁。

蔥蔥鬱鬱的林野裡掩映著一房茅草小屋，窗牖洞開，默然靜立。惺忪睡眼在融融春光裡甦醒過來，周遭的一切都透露著新鮮的氣息。清晨的第一縷春光慵懶地打在床頭的几案上，旋而跟著那清脆的鳥啼飛出窗外，飛上了樹梢盡頭。群鳥在清爽的朝陽裡編織出美妙的旋律，斑斑落花在浩然大地上裝飾出昨夜風雨，一動一靜相映成趣，一實一虛熠熠生輝；那關於春生和舊夜的想像勾勒成一條詩的長河，奔湧著，湧進詩者的記憶維度中。

當孟浩然細細打量這春曉之時，忽而意識到昨夜伴眠的那場細風柔雨吹散了多少殘花落葉，一夜春宵夢酣，竟不知天光大亮，鳥兒歡鳴。待到風雨散盡，今日一早酣睡醒來依然春光依舊，風光無限。春曉在風雨的洗禮下越發生機盎然，可也畢竟時光有限，在迎接盈盈春日的同時也在暗暗與這短暫的美好告別了。

閒居在襄陽老家的鹿門山，孟浩然一隱便是三十載春秋，他或許沒有杜甫「安得廣廈千萬間，大庇天下寒士俱歡顏」的兼濟天下之懷，他也沒有李白「安能摧眉折腰事權貴，使我不得開心顏」的曠達不羈之心，不過他的瀟灑人生又有另一幅筆墨繪寫。四季之春，一日之晨，簡單而平凡的日子中，他找到了落花，他聽到了鳥鳴，他用靈魂去發現生命的美和意義。在繁花似錦的大唐盛世裡，他便這樣從容而自在地活著，從那大自然賜予的山水田園裡發現生命真正的美好。

俗語說，這人世間最寶貴的禮物往往是無價的。目之所及的落花春色，耳之所遇的鳥啼風雨，孟浩然在這山間小屋裡發現了屬於自己的桃花源。

按說自小便深受「家世重儒風」教育氛圍熏陶，孟浩然心中不可能沒有建功立業的宏偉壯志，這樣的家風世風亦不容許他真的就此與長風明月相伴，縱情在山光水色、翠竹綠影裡終其一生。那年，時值不惑之年的他依然奔走於公卿之門，離開鹿門赴京求職，縱然處處顯露才情，人相引薦，卻也還是為「明主」所「棄」。喟然長嘆「寂寂竟何待，朝朝空自歸」，萬般無奈的他不得不重新回到鹿門山來。

人生本就是一個不斷面臨挫折又克服挫折的循環反覆過程。有人藉以抱怨命運不公的名義，在挫折面前跪下了雙膝，而有人卻在多舛命途裡找到生命的希望——這便是智者與愚者的差別。當孟浩然被一個又一個的巨浪襲捲而來的時候，這失意幻滅的泥沼沒有將他就此吞噬，他選擇了最勇敢也是最溫情的方式面對。那閒雲野鶴的日子裡，寄居著一個流浪者最純粹的生命之夢。

「春眠不覺曉，處處聞啼鳥。夜來風雨聲，花落知多少。」一剎那聯想的捕捉，讓詩意化為永恆。簡簡單單的字與詞的組合，淺顯易懂的音與義的相遇，這自然的神髓與生活的真趣是無以複製的。春日清晨的一瞥，詩中湧動著的幽遠靜穆之感，讓人從這純粹的背後體會出些深刻的力量來。

好雨知時節，當春乃發生

——成都的夜雨

〈春夜喜雨〉　杜甫

好雨知時節，當春乃發生。
隨風潛入夜，潤物細無聲。
野徑雲俱黑，江船火獨明。
曉看紅濕處，花重錦官城。

他是心憂天下、情繫眾生的千古詩聖，他的詩是描摹萬象、刻盡百態的詩史。杜甫（字子美）踏著萬卷的詩書一路行來，年少賞遍河山，目光下的景致卻讓他有了一個「致君堯舜上，再使風俗淳」的樸素夢想。

心懷大志，儒生寄望於仕途，但儘管是再開明的君主，也抵擋不住奸險之人的權術，子美一朝進取無門。九年「朝扣富兒門，暮隨肥馬塵」的日子，換來一個小小的參軍之職，杜甫還未及實現滿腹的抱負，安史之亂便已拉開了他這一生顛沛的幕布。

極盛而衰後的轉折，顛簸亂世裡的際遇，他目之所及、耳之所聞，皆是不忍卒看的哀鴻遍野。飄搖的政權沒能提供給他實現抱負的土壤，為救房琯一貶再貶，杜甫還沒來得及惋惜，就被更深重痛苦的百姓打動。這地獄般的人間，讓他那顆慈悲憂懷的心痛惜不已，下筆即是沉鬱的別離和哀傷。「滿目悲生事，因人作遠遊」，終究是不再寄望於無能的政權，子美拋官棄職，舉家輾轉西行，經由秦州踏上了通往西蜀的溝塹。

自古盡道蜀道難，行走過一路的艱辛，杜甫終究在肥沃的天府之國找到了他的歸處。民風淳樸，一片盛世和平景象，絲毫沒有受到中原戰亂的影響，這一切深深感染了飽經離亂的他。友人古道熱腸，鄰里親熱善良，他們幫杜甫在浣花溪旁搭建了一座茅屋，從此無論再大的風雨，起碼有了一處遮風避雨的溫馨港灣。

經年的奔波與抑鬱難伸的抱負，在有著花香鳥語的浣花草堂裡暫時散去了雲煙，詩人的臉上難得地出現了笑容。夜有遮蔽處，不再做以天為蓋地為席的漂泊，子美這一夜睡得格外香甜。

轉眼已是兩度春秋，杜甫與芳鄰同勞作、共休憩，養花種田自得其樂，儼然江湖一野老，隨著自然的流轉耕種與收穫。躬耕親為的日子裡，子美熟悉了泥土的芬芳氣息，也知曉了土地肥沃的祕密。

蓉城多夜雨。在一個尋常的春夜，尚未入眠的杜甫耳聞微風拂過，感受著空氣中潮濕的氣息。此時已不復舊時離亂的心緒，他聽著細細若無的雨聲，看著得到雨露滋養的萬物，心中湧起了歡喜，恍若在這春夜裡得到滋潤的是他一般：他的土地以及在這片土地上生活著的千千萬萬的生命，都受到了春雨恰到好處的滋潤，如何不讓他歡喜！

杜甫的目光從來都是超然的，他看到的不是拘於個人的興亡榮辱，而是千千萬萬和自己同命運甚至是身處困境之中的人。茅屋為秋風所破，他想到的是天下廣受飢寒之苦的士人；如今春夜降雨，他想到的是萬畝的良田得到了及時灌溉，千萬耕作勞苦之人有了收穫的保障。他有著一顆赤子之心，這顆心希望所有的人能夠「俱歡顏」。

因著欣喜的心情不能成眠，杜甫意猶未盡地注目著這雨夜，看那路與雲天的濃墨相連，看那江邊尚有著燈光的小船。曠古的黑夜中，他曾一路踽踽獨行，生命彷彿那濃得化不開的夜一般無任何指引；然而就如同眼前那小船中獨自明亮的燈火，杜甫如今的生活裡何嘗不是有了一盞暖心的燈。黑夜就算再濃重，那亮起的江船上的燈光，仍然溫暖了這個略帶寒意的雨夜。

夜沉沉地睡去，耳邊的雨聲成了少陵野老安眠的搖籃曲。待到晨曦突破天邊的重雲喚醒沉睡之人時，天地間早已不見昨日那細密掉落的雨精靈，恍若一場夢境般。

昨夜難道真的是夢境一場？杜甫迫不及待地出門探尋蹤跡，看到那不遠處濕漉漉的一片紅才釋懷莞爾，終有那尚未及消失的訊息留存在明媚的春光裡。雨夜帶給這座城的，不僅是無聲的滋養，更是目之所及的驚艷——一夜飽蘸了汁水的枝葉全都舒展，疏散開了筋骨，搖曳起了身姿，將那最美的姿態驕傲地展露在眾人面前，彷彿花神的一聲呼喚，所有嬌艷的花兒都綻放了明燦燦的笑容。花絕地盛開了！

繁花似錦的錦官城，洋溢起了春天濃郁甜香的幸福氣息，詩人沉浸在夜雨帶來的喜悅裡，早已深陷在滿目春光的欣喜之中。

兩個黃鸝鳴翠柳，一行白鷺上青天

——有聲亦有色

〈絕句四首（其一）〉　杜甫

兩個黃鸝鳴翠柳，
一行白鷺上青天。
窗含西嶺千秋雪，
門泊東吳萬里船。

所謂虛空的靜謐與經歷過風雨洗禮之後重生的寧靜是截然不同的，境界不僅體現在詩中，更體現在人生中。

春日依舊，細碎的陽光宛若玉石般從樹隙間墜落，散發出琥珀似的光芒。兩隻黃鸝一唱一和，在新生的柳葉梢頭唱著婉轉動人的歌。鏡頭上揚，只見萬里碧空中蔚藍如洗，在這潔淨的畫布上闖入一行直飛的白鷺。金色的陽光、嫩綠的翠柳、碧藍的晴空與透白的鷺鳥，色與色的碰撞和襯托，渲染出一幅斑斕多彩的水粉畫。

這樣的描寫在以「詩聖」著稱的杜甫筆下實在少見，念及杜甫，留給我們印象深刻的往往是以「三吏」、「三別」著稱的「詩史」之作。提起老杜，沉鬱頓挫之風是占大多數的，而這一首輕快明麗的寫景之作，彷彿帶我們回到了單純而又清閒的生活本身，似乎經歷了千濤萬浪的淘洗之後，一切重新歸於平靜，波瀾不驚。

詩歌以這樣一幅洋溢著清新之氣的盎然生機之景切入，用一個一個簡單的定格鏡頭捕捉著不易被人察覺的樂趣。黃鸝成雙入對，在翠碧的柳枝上歡歌，打破了春日裡的祥和與靜謐，一切都洋溢著初生的熱情和喜悅；白鷺展翅成隊，在萬里晴空中刻劃出美麗的弧線，張揚著自由自在的旺盛生命力。亦動亦靜，亦視亦聽，這樣的風景常常存在，可是能夠真正欣賞到的觀察者卻不常有，而這般美景落到了杜甫的筆下，又是別有一番滋味了。

遙想西元七六二年，皇皇盛唐正是意氣風發的時候，而在奪目光華的背後也漸漸開始展露出一個朝代的裂縫。安史之亂的戰火在華夏大地上熊熊燃起，朝廷不得不派兵鎮壓，穩定民心。時任成都尹一職的大將嚴武被宣旨入朝，救平戰亂；與此同時，寓居成都草堂的杜甫為避戰亂亦不得不背井離鄉，遠赴梓州苟且一方安寧。幸而戰爭歷時短暫，方於第二年安史之亂聚合眾力以得平定，杜甫好友嚴武終於還鎮成都，杜甫也回到了草堂。經歷過流亡生活的洗禮，杜甫生活才剛剛獲得安定，此時又得到嚴武向朝廷舉薦自己的消息，黯淡已久的生活忽而浮現點點微光，對於仕途的希冀讓杜甫不禁精神為之一振，卻也心生忐忑，擔心這滿懷的希望又會重重跌落於地，化為泡影。川蜀的秀麗風光正切合了奔波流徙之人那飽經滄桑後終獲得寧靜的心，眼前的這一片生機勃勃幻化為杜甫筆下靈動的文字，簡單之中蘊含著豐富的情感與故事。

若這首詩中前兩句的寫景算是詩人純粹的景色白描，那麼後兩句——「窗含西嶺千秋雪，門泊東吳萬里船」——則越發能無限延伸人們的想像，感覺的觸角伴隨著詩人的文字又攀越抵達了新高度。一語「千秋雪」，一語「萬里船」，與前兩句詩中的「兩隻黃鸝」、「一行白鷺」相依相對，頓然打開了整首詩歌的格調與視野，提升整首詩的境界。詩人的思緒已然突破眼前之景的束縛，在想像翅膀的舞動下，越飛越遠。早春之景在黃鸝、白鷺的點綴下清亮鮮艷，可是早春畢竟是早春，冬日的餘寒仍未散盡，一點一點地滲入骨髓。詩人的目光似乎穿透了眼前層層疊疊的屏障，被西嶺雪山上的皚皚白雪勾走。在這早春時節，料想冰雪被融也是早晚的事吧。回想杜甫少年時便懷有報國之志，歷經數十載春秋終而不喪志，春夏秋冬又一春，嚴武平定了安史之亂又再度重新喚起老杜心中的雄心壯志，只要不捨「致君堯舜上，再使風俗淳」的理想，滿身才情應該終有被人賞識重用的一天吧。

但與此同時，詩人從另一個角度說明了某種艱辛的心理感受：冰凍三尺非一日之寒，而欲要融化積雪更不是一朝一夕的事情，於是從詩人那淡淡的希望之中忽而品味出些許迷濛的憂慮來。窗前遙想的西嶺殘雪，讓杜甫從眼前之景又聯想到過往之事，五味雜陳夾雜著潮濕的記憶在心中翻波湧動。那艘從東吳不遠萬里跋山涉水來到此處的船隻，如今在江岸邊靜默著，頗有些「孤舟蓑笠翁」的味道。只是這普通的「船停江邊」之景因著「東吳」、「萬里」二詞忽又變得有些意味深長了。杜甫祖籍本是湖北襄陽，人生之途輾轉遊走各地，心目中「故鄉」一詞已然被行走過程中的流浪氣質所代替。如今少陵野老在成都開拓出一方聞名後世的杜甫草堂，然而對於杜甫而言，草堂的意義不過是人生暫時停留的驛站而已。戰亂剛剛平定，許久漂泊積聚的不安之感重新召喚起心中底層最溫柔的思念，屹立於異鄉棲身之處，「故鄉」一語在內心翻湧出層層漣漪。

從「黃鸝鳴翠柳」到「白鷺上青天」，從「西嶺千秋雪」再到「東吳萬里船」，四幅看似毫不相干的獨立圖景，卻經過杜甫之筆畫龍點睛般銜接起來，渾成一體，儼然成為整體之畫境。在景色由亮色調到暗色調的轉換過程中，詩人的心境也在悄然轉變中。這心中所念所想與未知虛無的現實面前，杜甫深刻地感受到個體力量在時間天平上的渺小，在個體之外，有更多無從把握的力量在左右著人生，掌控著命運。

寥寥幾語，神來之筆。這景色也就不是簡單的色與聲的交織，而是滲透著生命體驗的詩歌境界與人生境界的昇華。

不知細葉誰裁出，二月春風似剪刀

——春風的神奇與靈巧

〈詠柳〉　賀知章

碧玉妝成一樹高，
萬條垂下綠絲縧。
不知細葉誰裁出，
二月春風似剪刀。

春風如剪，這樣的譬喻除了賀知章再也前無來者能想出了。句落詩就，讀之為快，不禁讓人由衷地慨嘆詩人超凡脫俗的想像力。其後宋代的梅堯臣也曾邯鄲學步，〈東城送運判馬察院〉詩云：「春風騁巧如剪刀，先裁楊柳後杏桃。」縱然比喻猶在，可是細細品味起來自覺言語間過於刻意了些，詩歌的精髓和神韻卻是弱了三分。到了清人金農的〈柳〉：「千絲萬縷生便好，剪刀誰說勝春風。」尖巧雕琢的痕跡越發明顯了，賀知章最初自然灑脫的神韻已經蕩然無存。

早春二月，歲月正好。放眼望去，柳葉新裁，點綴在蕩悠悠的枝條之上。那些將出未出的嫩芽含苞待放似的，憋著勁，一鼓一鼓的——這滿樹的柳色在賀知章的〈詠柳〉

筆下竟像是碧玉裝扮成的一位婀娜多姿的美人。古之美女素有「碧玉小家女」之稱，此處將柳比作「女子」，喻以姿色之美，蘊含著濃濃深情。淺淺的「碧玉」二字，竟將柳葉之態寫活了。

將樹視為整體概觀描摹一番以後，便開始了由整體向局部的移景。目光從整個樹木聚焦到樹的枝椏上。低垂的柳條千枝萬條，在習習微風裡跳蕩流竄，一圈圈滑著弧線，如翠綠的裙帶一般招搖伸展。體態輕盈的柳條，宛若妙齡女子般翩翩起舞，姿態典雅動人。再細細斟酌，枝椏上點綴的柳葉也不一般了。新生的柳葉如纖纖玉指般細長，每一片葉子的稜角都凹凸分明，保持著生命原初的形態。

梁元帝蕭繹曾在〈樹名詩〉中嘆道：「柳葉生眉上，珠鐺搖鬢垂。」古語向來有以「柳葉眉」、「楊柳腰」來形容女子儀態優雅之美，一句「不知細葉誰裁出」音調上揚勾起人的思索，這世間的美景究竟是哪位匠人的巧奪天工之作？而後這一設問又立馬有了答案——原來是「二月春風似剪刀」。春風恰如一雙無形的巧手，裁剪出柳葉精巧細緻的形態，更雕琢出春光中每一縷美景。終篇話柳，最終又將柳的白描昇華到一個「春」的背景之下，點出了美景背後真正的造物主，蘊含著詩人無盡的歡悅與讚美。

垂柳默然靜立，仍然是早春二月裡那普通的柳，可是經過語言的雕飾，這柳枝柳葉似乎變得不再平凡，恍然被賦予了生命似的，有了少女的神韻，越發的靈動灑脫。

從柳葉到春風的過渡，著實天衣無縫，毫無扭捏突兀之感。生機盎然的春柳，是大自然生命活力的象徵，更是春天蓬勃創造力的象徵，透過對柳樹的讚美，進而讚美其背後真正偉大的力量，這般燦爛輝煌的勃勃生機重新喚起人對於生命之美的體驗和嚮往。

賀知章生在盛唐之初，風流倜儻，性情曠達，善喜談笑。與李白志同道合，結為忘年之交，有「清淡風流」之譽。賀知章之詩與其性格相映相合，像是〈詠柳〉這樣的詩歌靈動有秩，如行雲流水般給人以美的感受。〈詠柳〉一詩，表現的不僅僅是渾然天成、超凡脫俗的高超藝術特色，更是詩人對於美、對於自然之景的別出心裁的切入視角和獨特的審美體驗。

神奇而靈巧的春風，雕琢出的美麗風景，願也曾在你我的心頭停駐。

月出驚山鳥，時鳴春澗中

——春山之靜

〈鳥鳴澗〉　王維

人閒桂花落，
夜靜春山空。
月出驚山鳥，
時鳴春澗中。

你要知，這世上並不存在真正的白，所謂的白必然是有黑的反襯；你要知，這世上並不存在真正的靜，所謂的靜亦是與動相對而言。〈鳥鳴澗〉中高高低低的音符譜寫出一個動與靜交織的空靈世界。

人心閒靜，百無聊賴，彷彿全世界都靜謐無聲。驀然之間，一片桂花從樹枝上折翼，在空中左右搖擺，翻轉出美麗的弧線，墜落出清脆的一聲芳香。常言道：落花無聲。可是不知是因為僅憑花落在衣襟上引發的細小觸覺，或是花瓣墜落時所發出的絲絲芬芳，這如此細微的桂花落聲竟然傳入詩人之耳，不僅與後一句「夜靜春山空」遙遙相應，襯出周遭環境之寂，更表現出詩人的心境已然超脫了嘈雜世事的紛擾，一種來源於內心靜的力量深深扎根，延伸了人的感官知覺世界。聽一朵花開的聲音，讓人在這細小的體察中感悟到從未發現的力量。

春山之中，夜色斑斕，而人語雜音像是被隔絕了似的，悄悄地隱匿起來。山終究是有花木土石的，可是在心中寂然的詩人看來，此時之山靜謐無聲，與空山並無二異。一個「空」字誇張似的把人的感覺綿延到極致，彷彿把人帶到了異度空間。

正當品讀詩人沉浸在這種空靈靜謐的境界中之時，一句「月出驚山鳥」又恍然把人的思緒拉回現實。當月亮悄悄地爬上了天邊，陶醉在無邊無際的靜謐黑暗中的山巒，在皎潔銀輝的光照下似乎有了驚悸的神色，山鳥也撲稜稜地從這黑暗中閃現出來，偶然奏起的三五聲鳥啼劃破了夜空，在山谷中久久地迴蕩。

《詩法易簡錄》曾經評價此詩說：「鳥鳴，動機也；澗，狹境也。而先著夜靜春山空；五字於其前，然後點出鳥鳴澗來，便覺有一種空曠寂靜景象，因鳥鳴而愈顯者，流露於筆墨之外。一片化機，非復人力可到。」那麼，從另一個角度來看，靜亦是動，動也是某種意義上的靜了。〈鳥鳴澗〉之境與〈入若耶溪〉中的「蟬噪林逾靜，鳥鳴山更幽」一語有異曲同工之妙。詩人沒有將動與靜斷裂開來，而是將二者合為整體，站在彼此的視角上去審視對方，刻畫出動靜結合的佳境，實在是別出心裁之筆。

整首詩下來，起承轉合，渾然圓融。讀之沉浸其中的意境，久久不可自拔。王國維曾說「一切景語皆情語」。白日的喧囂隨著時間的流逝消失殆盡，沉澱後留下最真實最純粹的夜，閒下來的人與山在互訴靈魂的心語，細細品味耳邊的落花聲、鳥鳴聲，生命彷彿放緩了腳步，醞釀出越來越醇香的味道。自然中的天籟之音雖處處可尋，一般人亦不輕易發覺；唯有真正的有心人——內心閒靜的人——拋卻了世俗雜念的侵擾，才能將精神境界真正提升到「空」之境。

陸游云：「文章本天成，妙手偶得之。」我們陶醉其中低吟淺酌之時，心緒靈魂似乎也隨著詩人的文字進入那片清幽絕俗的畫面之中了。王維的〈鳥鳴澗〉，本是為寓居友人皇甫岳居所五雲溪（今紹興市東南）別墅所寫的組詩〈皇甫岳雲溪雜題五首〉之一。這五首詩中每一首都偏愛一方風景，各有獨特風韻。唯有這首被譽為「詩中有畫畫中有詩」之代表的〈鳥鳴澗〉獨領風騷，由明月、落花、鳥鳴點綴出的夜間春山之美躍然紙上。

生活在盛唐的王維深受那個時代宗教文化的沐澤，盛談佛學之風讓他在生活之外尋找到靈魂的另一層新境界。加之政治上的不如意，一生幾度隱居，使得王維越發看空功名利祿的紛紛擾擾，寄予靈魂的超然自達，尋求一方生命的淨土。氤氳在〈鳥鳴澗〉中遠離塵世似的清冷幽邃氣息，蘊含著人生的哲學思考，充滿了具有宗教意味的禪意，這也正是王維佛學修養的詩意再現。

空而不虛，靜而有動。細耳聆聽夜間春山彈奏出的美妙音符，伴著那深深淺淺的旋律，恍如走進了一個從詩滲禪意、空靈流動的藝術世界。

亂花漸欲迷人眼，淺草才能沒馬蹄

——綠楊蔭裡西子湖畔

〈錢塘湖春行〉　白居易

孤山寺北賈亭西，水面初平雲腳低。
幾處早鶯爭暖樹，誰家新燕啄春泥。
亂花漸欲迷人眼，淺草才能沒馬蹄。
最愛湖東行不足，綠楊蔭裡白沙堤。

春，在詩人筆下姿態萬千，籠罩在萬物身上生機勃勃的氣息是春天最珍貴的賜予。春天不僅融化了漫長冬季的冰冷枯燥，帶來了清新活潑的景色；更給人們帶來了希望和夢想。

在杭州西湖岸畔有一道白堤存留至今，經過了千百年風雨的洗禮，依然那樣祥和而穩重地目送著這個世界上的日月星辰、風雲驟起……正是這座白堤讓新任刺史的白居易其目之所及均陶醉在春光沐浴下杭州西湖的魅力中。

綠楊蔭裡的西子湖畔，一首〈錢塘湖春行〉漸漸走近，帶來了一曲獻給春日良辰和西湖美景的讚歌，春之美自然不必多說，而那被人爭相頌詠的西湖景色更是被東坡居士稱讚道「欲把西湖比西子，濃妝淡抹總相宜」，美與美的相遇，該碰撞出多麼燦爛的火花。

孤山寺原為陳文帝南北朝時期所建，處於西湖裡外湖之間，因與其他山不相接連，是謂孤山。春光融融，氣溫回暖，寒冬困住的堅冰被春陽溫柔地一照，便自由自在地沿著河湖肆意流淌。隨著連綿不斷的春雨在西湖孤山寺的北面、錢塘湖賈公亭的西面，與堤壩持平的湖水初漲，眼看著就要與天邊層層疊疊低垂的雲彩銜接到一起。放眼望去，只見春水蕩漾，雲幕低垂，湖光山色，盡收眼底。雲水相接處飄著濛濛霧氣，渾然一體，腳下平靜的水面與天上低垂的雲幕構成了一幅靜謐祥和的水墨西湖圖。

正當詩人默默地沉浸在西湖靜如處子般的天籟神韻中時，忽然闖入的清脆鳥鳴聲切斷了思緒，目光從雲水交接處戀戀不捨地收回，已然發現，自己身處一片春意盎然的勃勃之景中了。

新春初生的早鶯正活躍在枝頭啼鳴，一大早便爭搶似的忙著占據暖陽照耀部分的枝椏，嘰嘰喳喳的叫聲清脆喜人。不經意間的一個「爭」字讓人頓然感到春光的難得與寶貴。也不知是誰家簷下的新燕，正趁著這春光大好，忙忙碌碌銜泥做新巢。一面是黃鶯爭陽，一面是新燕築巢，在詩人眼中這些勤懇奔波的身影，越發地可愛動人。這些充滿生機的小生命，使人倍加感到生命的美好。

視線下移，移轉到了腳下之景，又是別有一番韻味。「亂花漸欲迷人眼，淺草才能沒馬蹄。」每一個字裡都湧動著豐富的生命活力。「花」前置以「亂」字，種類多樣，色彩繽紛之感活靈活現。繁花似錦，聲勢漸長，在西湖岸畔奼紫嫣紅地開遍；而那淺淺的草色，若有若無，彷彿才剛剛能夠湮沒馬蹄。「亂花漸欲迷人眼，淺草才能沒馬蹄」之意境堪可與前代詩人謝靈運的「池塘生春草，園柳變鳴禽」（〈登池上樓〉）二句相媲美，甚至視野更加開闊，妙絕古今。

花漸濃艷，草愈欣然，早春時節初生新鮮的氣息滿溢在〈錢塘湖春行〉一詩的字裡行間，也難怪賞春人會發出「最愛湖東行不足，綠楊蔭裡白沙堤」的感慨。只見綠楊蔭裡，平坦而修長的白沙堤靜臥在洋洋碧波中，堤上騎馬的遊春人往來如梭，摩肩接踵，盡情享受著春日時節大自然美的恩賜。詩人漫步在橫貫錢塘湖東一帶的白堤之中，放眼遠眺，飽覽湖光山色之美，海納全湖之勝，心曠而神怡。可是春光再好，在有限的時間與空間裡所能呈現的也是不足的；美景再多，對於對西湖的盎然春色充滿了無盡熱愛的詩人來說，也總是有遺憾的。無意流露的「行不足」三字，越發讓人對這美不勝收的景色珍惜憐愛了。餘興未闌，這樣的一點遺憾反而成了神來之筆，留給讀者無盡的回味。

點染了春色的西湖美景，越發美得讓人疼惜。

著名美學家別林斯基曾說過：「無論在哪一種情況下，美都是從靈魂深處發出的，因為大自然的景象是不可能絕對的美，這隱藏在創造或者觀察它們的那個人的靈魂裡。」所謂詩人「畫龍點睛」之筆，便是能將尋常的景物經由個人生命體驗的雕琢，被賦予嶄新的生命深蘊。

白居易有著一副難得的美學家的欣賞眼光，在無數的西湖遊者中，獨具慧眼地發現它的動人之處。一花一世界，寥寥「幾處早鶯」、「新燕」甚至是最稀鬆平常的花與草，可是經過幾筆詩意的點染，竟透露出不一樣的美麗。若是沒有對春日美景的強烈感知欲，沒有熱愛生命的博遠胸懷，恐怕亦不會被這為數不多的報春者所打動、所陶醉，而欣然寫下動人的詩篇了。

作此詩時，正是長慶二年（八二二年），白居易被任命為杭州刺史，而在寶曆元年（八二五）三月，白居易又調任至蘇州刺史。漫長的歷史中，在天堂杭州當刺史之人為數不少，不過最有名的當數唐宋兩朝的大文豪——白居易與蘇東坡了。他們不但造福一方百姓，為後世留下令人緬懷的政績，更讓一篇篇描摹杭州以及西湖美景的詩詞文章與傳聞逸事流芳至今。遠離了京畿大臣之間爭權奪利的烏煙瘴氣，白居易恍惚覺得杭州之春格外的惹人喜愛，漫漫仕途路中難得出現的春天讓白居易心情大好，切合著春光正濃，美景美色越發與當下的處境相得益彰。眼中之物似乎都沾染了一層激揚喜悅，讀詩人的心情似乎也隨著春天彈奏的音符雀躍起舞了。

從孤山賈亭到湖東白堤，一路上湖清草碧，花紅鶯啼。再回首，彷彿依然可見，那位飽覽了鶯歌燕舞、陶醉在鳥語花香的白衣刺史徜徉在楊柳的綠蔭下意猶未盡，戀戀不捨地打馬而過，耳畔還迴響著世間萬物共同演奏的春日讚歌，心中便不由自主地流淌出一首飽含自然融合之趣的優美詩歌來。

卷二——秋風起・又見湖邊木葉飛

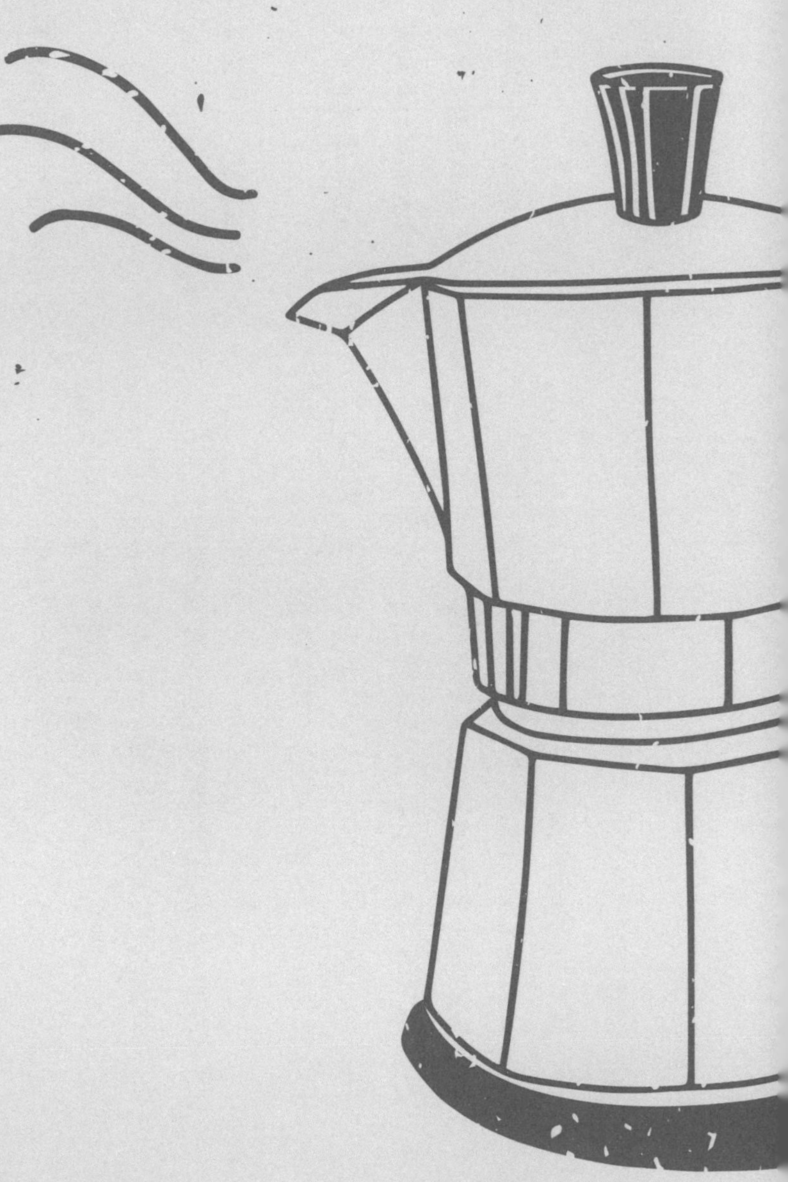

自古逢秋悲寂寥，我言秋日勝春朝

——獨闢蹊徑，不走尋常路

〈秋詞〉　劉禹錫

自古逢秋悲寂寥，
我言秋日勝春朝。
晴空一鶴排雲上，
便引詩情到碧霄。

他從盛唐走來，滿身曠達的氣概，舉目高望不見加身於儒生的孤獨寂寥，登高而上便「忽然笑語半天上」，引得「無限遊人舉眼看」。劉禹錫（字夢得）大笑著闖入政治革新的領地，大笑著跌入政治的谷底，又同樣笑看著人生百態，不見悲愁，不聞慼慼，就這麼瀟灑地向我們迎面走來——這位千古詩豪。

同樣在政治的紗網裡撲打、終而被貶，柳宗元（字子厚）仍不免抑鬱悲憤，直至在一片小石潭裡尋得了他的寧靜；夢得卻是出奇的豁達，不困於仕途的坎坷，不汲汲於功名的碌碌，無論行在何處，都一副樂天知命的微笑模樣，所以即使是在簡陋的小屋，他也能尋得那份可貴的安寧和心靈的滿足。遠離塵世喧囂，「無絲竹之亂耳，無案牘之勞形」，如此清閒淡雅的日子對夢得來說是此生別無他求的美好。

夢得與生俱來的樂觀深植於他的內心深處，並時常在細微舉動裡見諸行跡，而且越是在落魄受挫的時刻光芒愈甚。夢得回洛陽途中與同樣被貶的香山居士（白居易）曾在揚州相會，兩人惺惺相惜，曾有諸多唱和之作。

白居易（字樂天）為夢得鳴不平，嘆惋他縱是因才華而被「謫」，置身於淒涼遙遠的巴山楚水地，這二十三年的時光亦是「謫」太多。聞得友人為自己嘆息，夢得也短暫有了故鄉不再的感慨，但旋即被內心滿溢的樂觀和希望所安撫：「沉舟側畔千帆過，病樹前頭萬木春。」縱是再灰暗的人生也總會有新的希望和曙光，夢得從來不肯承認有徹底的絕望。

二十三年的貶謫生涯，即便有片刻的愁緒，在夢得豁達樂觀的心性裡也會將之迅速消弭。對哲學、禪宗皆有涉獵的夢得而言，人生不過是一場驗證修行的旅途，一路上的坎坷苦難只會增加內心對於曠達的領悟。因而，在被貶之地朗州的一個秋天，面對著曾被無數人悲情吟詠過的秋日之景，他不禁又是另一種思緒。

騷人墨客筆下的秋，極盡了悲愁蕭瑟之感，無邊落木蕭蕭而下，詩人要麼登高懷人，要麼感受秋夜之寒，心中翻騰起的都是「碧雲天，黃葉地」般的蕭索悲涼之感，「秋」字一出口便呼成了「愁」，任是不愁也難！對於夢得這樣一個遭貶謫之人而言，合成那愁的只需一秋足矣，是離人心上眼裡無法去直視的痛。

然而縱使眾人皆憂，心內曠達的詩豪也絕不會鬱鬱低沉。許是厭倦了文人墨客筆下的蕭瑟愁緒，許是刻意傲絕的姿態展示給促使他落魄之人，許是天性使然其目及之處皆是樂景，夢得獨闢蹊徑，寫出了一個不同於往昔古人的秋，明艷而清爽。

落木，秋螢，這些暗沉沉向下墜落的景象入不了夢得的眼，他的目光在高處，在雲天之上，而恰巧此時闖入眼簾的是一隻仙鶴，翅翼搧動、排雲而上，所以視線便隨牠直入雲霄。當旁人的目光為落葉、秋蟲停留之際，夢得的心緒早已被那隻昂揚向上、矯健有力的鶴所牽引，愈發不屈奮進，在萬里晴空下，衝破雲層直上天際。你低沉，他昂揚；你悲秋，他讚秋；你哀愁，他樂天。任是一顆飽經寒霜的心也會在這股奮發有力的激情之下再度充滿力量，那引入雲天的是不羈不屈的靈魂，是豪邁的詩情，是不懼一切的人生態度。

多年貶謫的辛勞，多年落寞難伸的心情，多年顛簸在外的苦楚，都在這一個秋日被一隻飛入雲天的鶴「排」走陰霾，夢得不覺苦，正如安居於陋室之中反能自得其樂，這一切在他眼裡不過是一個需要向上的過程，揮一揮翅膀即能再次振翅高飛。

他喜愛這清湛入骨、山明水靜的秋，喜愛這「數樹深紅出淺黃」的季節，這無比鮮艷明麗的顏色將江山裝點得如此美麗，空氣中微寒清爽的氣息讓人如此爽朗，相比於「嗾人狂」的春色，這秋是如此令人偏愛。沒有哪一個季節能夠像它這般讓人通體爽朗，為何旁人眼中盡是那蕭瑟之景呢？

夢得於一個秋日尋得了那份不屈的鬥志，沒有絲毫妥協，沒有半分低頭，他昂著頭仰望高處，經由一隻鶴將心中萬丈豪情帶上雲霄，於是就連那詩情也顯得曠達高遠、高絕凜然了。

停車坐愛楓林晚，霜葉紅於二月花

——深秋山林景色佳

〈山行〉　杜牧

遠上寒山石徑斜，
白雲生處有人家。
停車坐愛楓林晚，
霜葉紅於二月花。

夕陽晚照下楓葉流丹，層林盡染。暮色中的餘暉有著煙燻般的魅惑，半邊天都被燃燒了似的。滿山雲錦沐浴在晚陽的恩澤中，如爍彩霞。不遠處，一位翩翩長者傲然而立，於這山林秋色中久久駐足，於蕭瑟秋風中所攝取的絢麗秋色，似乎點燃了樊川居士（杜牧之號）內心的熱情，冷落中尋出佳景，讓人沉浸在這美的留戀中無法自拔。

遠山被一步步腳印畫出的小路蜿蜒曲折向上，斗轉蛇行，一直延伸到充滿濃濃秋意的山巒深處。浩瀚的天空中曲曲折折飄浮著層層疊疊的雲彩，待到雲天的盡頭，一切都消失在淡玫瑰似的光海裡了，直到濃成一段純白。這樣的景致之中，恍惚可以看見炊煙裊裊而生，雞犬之聲隱隱地在耳畔迴響，深山之中頓然有了些許人煙之氣，那死寂的恐怖也被恍惚人影給擊碎了。

深秋時節的草木山川透著分外的光彩，綿長的山路隱蔽在滿山遍野的楓葉裡。遠眺那楓林翻湧著血染的紅葉，層層葉浪隨風而動，起伏得井然有序。不知秋日的伏筆如何營造出這般美景，風霜的洗禮過後，秋葉似乎紅得更加燦爛了。晚霞與楓葉相互輝映，嬌羞的晚霞越發襯得楓林的大氣與壯麗。偶然邂逅的楓葉之美訴說了整個秋日的輝煌，輕濺在詩人的心上，讓賞景人流連忘返，及至夜幕登臨，也戀戀不捨，不願棄美景而去。

如此一來，詩歌的境界進一步昇華。不僅寒山、白雲、霜葉入詩，就是連那停車而望、陶然而醉的詩人，也成了風景的一部分，迷濛的秋色圖景渾然一體，越發迷人。一筆重寫之後，戛然而止；細細品來越發顯得情韻悠揚，餘味無窮。

短短的一首〈山行〉在杜牧筆下不只是即興詠景，在一層層的鋪墊過程中情感愈顯濃烈，最終上升到楓葉點染的濃濃秋意深處。那片氣魄宏大的血染楓林，似乎不僅僅是簡單之景，更是詩人內在精神世界的表露和志趣的寄託。

古之秋意在眾詩人筆下，往往陰盛陽弱。這一幅色彩濃麗、情志熱烈的楓林盡染圖在杜牧筆下越發顯得充滿著旺盛的生命活力。

杜牧自幼深受詩書儒道渲染，祖父杜佑正是中唐有名的宰相和學者，及至杜牧一代，縱然家族聲勢已然不如從前那般顯赫，可是杜牧多年位居刺史之職位，躋身官場之中常常對其中的勾心鬥角、爾虞我詐看得格外清晰。審度思考沉澱，杜牧之詩常常具有厚重的歷史感，就算是普通的秋日之景在杜牧的〈山行〉筆下亦寄寓深沉慨嘆。

幾十年宦海沉浮，大風大浪的洗禮讓這位晚唐才子看盡世間蒼涼，待到滄桑看透，人生盡歡，正如那秋日落幕中的最後一縷餘暉，依然不捨本心，璀璨奪目地裝點著周邊的風景；而在秋暉中愈燃愈烈的楓葉，在某種程度上亦成了杜牧人格的自我寫照，越是百花凋零，萬物黯淡，身為有志之士越是要以最樂觀昂揚的姿態傲然屹立於天地間，接受著風霜的洗禮，接受著晚霞的裝扮，至於曾經的榮與辱，早已雲淡風輕，隨時光悄然而逝。

陌上夕陽緩緩歸，在晚霞與秋葉交織出那一片絢爛中光芒散盡，所有的美好終將為黑暗所吞噬。杜牧作為這一代最優秀的詩人之一，在暮靄沉沉的晚唐文壇中釋放出最後一道理想的光輝，杜牧的豪壯氣概反映了一個即將垂垂老矣的盛世朝代中，某些有志之士依然殘存著那一份執著的守望。

長安一片月，萬戶擣衣聲

——征夫之妻的不眠夜

〈子夜吳歌．秋歌〉　李白

長安一片月，萬戶擣衣聲。
秋風吹不盡，總是玉關情。
何日平胡虜，良人罷遠征。

征人思鄉，閨婦念夫。月光皎然，茫茫銀輝籠罩不住笛聲悠揚……

戰場上無情的血雨腥風怎能關照支撐戰爭背後每一個家庭的歡笑與淚水，當國之榮辱與戰之勝負在渺小的個體生命面前被無限放大，個人的喜怒哀樂似乎已經被積壓得不忍注目了。

在長安一片月的清輝裡，唯有萬戶擣衣聲……

此詩名為〈子夜吳歌〉。《唐書．樂志》曾載：「〈子夜吳歌〉者，晉曲也。晉有女子名子夜，造此聲，聲過哀苦。」詩人化新意作〈子夜吳歌四首〉，此為其三〈秋歌〉，借用女子之口，娓娓道來寒夜裡的悲涼之事。雖詠舊調，而實誦新曲，李白用一首詩歌悄悄地撕開了這座外表金碧輝煌的盛世王朝中無人探知的黑暗一角。

夜色正濃，漆黑的天空彷彿是一片墨染般的幕布。畫布之上一輪明月皎潔如洗，璀璨的光輝微微籠住整個長安城。高高的城牆默然靜立，在月光的輕撫下似乎也變得溫暖起來。城牆自然無法阻隔普照天地間的片片銀輝，來自於家家戶戶的搗衣之聲也穿過這厚厚的城牆，帶著閨中人對於戰場男兒的擔憂和思念，隨著秋風飄向了遠方。

夜風苦寒，燭火搖曳。光影明明滅滅，映照著製衣女子漸老的容顏。纖纖玉指捏著針線，細弱的銀針冰涼如雪，一針一線在冬衣上縫出密密麻麻的愛意。自與君離別後，一種相思，兩處閒愁。月明如晝，天氣轉涼，不知那些遠在千里之外戍邊的征夫遊子們是否已備好了寒衣，高高低低起伏不定的砧杵聲，敲打著多少人的心。那「玉戶簾中捲不去，搗衣砧上拂還來」的月光，本來就分外撩撥人的愁緒，而如今千家萬戶的搗衣聲起，閨婦們想念丈夫盼望歸來的款款深情伴著搗衣聲越發濃烈。月朗風清，風送砧聲，一聲接著一聲在秋風中總是化不盡，聲聲念的都是對邊關征人的綿綿深情。

唐朝驛使將要馱著做好的征袍送至遙遠的邊關，冬衣之中飽含著一夜一夜的燭光，飽含著一日一日的思念，飽含著對和平的渴求與嚮往。

這一切悲劇的來源究其到底便是戰爭所致，只是輕輕地問一聲，連綿不斷的戰爭，究竟何時才能休止，解還征人一條生路，從遙遠的疆場回到家鄉。語言在此刻迸發出強烈的震懾威力，如暮鼓晨鐘般滌蕩著人們的靈魂，這是長安閨婦的叩問，也是遠征遊子的心聲，而細細想來，其實結束戰爭、早日和平更是全天下人的夙願。一字字均未寫時局，實則句句關乎時局；雖未直寫愛情，然則字字滲透真摯情意。一首普普通通的閨怨詩在詩仙李白的筆下得到了絕妙昇華，詩歌所表達的意境更為廣闊。

〈子夜吳歌〉從李白的手裡創造出來，少了些刻板的說教，多了幾分意味深長的哲思。青蓮居士（李白號）向來以反駁傳統、狂傲不羈的形象展現於世，在他極具浪漫情懷的書寫中，也滲透對現世生命存在價值的思考，從小小的戍婦為征人織布搗衣之事，窺視出處於戰爭水深火熱中的戍婦與征夫內心飽受煎熬之態，悄然而有力地批駁了戰爭的殘酷實質。

百姓常被授予這樣的想法：為了國家之盛的戰爭是正義而有益於百姓的，而為了戰爭付出鮮血的人們卻飽受著情感的折磨，於是個人的生命價值被附加在國家之上，最終只能淪為附庸。當戰爭的真相被揭露，所謂戰爭的合理性也受到了挑釁，在〈子夜吳歌〉中，李白以人性溫情的角度表達了百姓對於和平的追求。

長安城內連綿不斷的搗衣聲與長安城外將征衣送往邊塞的馬蹄聲此起彼伏，同在這清冷的月光下變得越發蕭索。寒夜淒清，冷風刺骨，而塞外風聲更緊……遠在戍邊的戰士，正裹著單薄的衣裳，遙遙地思念著故鄉的人兒；萬里之外，她也正在搖曳的燭光下，默默地為他祈禱著和平的到來。

野曠天低樹，江清月近人

——寫在煙霧朦朧的小洲邊

〈宿建德江〉　孟浩然

移舟泊煙渚，
日暮客愁新。
野曠天低樹，
江清月近人。

如果說「飄飄何所似，天地一沙鷗」是杜甫居無定所、萬里漂泊的痛心傾訴；如果說「何當共剪西窗燭，卻話巴山夜雨時」是李商隱在漫漫長夜裡對情人的悽苦企盼；如果說「春風又綠江南岸，明月何時照我還」是王安石二次拜相途中內心的期許與掙扎，那麼〈宿建德江〉裡的一片秋色則是孟浩然愁苦靈魂的自白寫照。

皇皇三十載，書劍兩無成。山水尋吳越，風塵厭洛京。遠遠望去，一位老者身著長衫，眉峰緊鎖，背手迎風立在舟頭，江水浪花一遍遍追隨著船艄順波而前，江上的層層漣漪蕩漾出一片又一片風景……

景不過是尋常之景，可是在失意人的眼中，所遇之景已經被沾染了一層特殊的色彩。此刻，孟浩然孑然一身，眼望著明月孤舟划過悠悠江水，一點點衝破朦朧煙霧，那仕途的失意、羈旅的惆悵、夾雜著對故鄉的思念，往事如煙，一切都像是決堤之水噴湧而出。破碎了的理想無處悼念，人生的坎坷只能留在這詩中孤獨品味。

日薄西山，夕陽漸晚，暮色一點一點地吃透天空的蔚藍，江水上也鋪開了灰濛濛的一大片。孤舟在水上輕輕泛起波紋，排開了江水緩步前行，在那籠罩著迷濛煙霧的小洲邊停下了腳步。在日與夜的交接處，泛舟之人越發顯得淒涼突兀，此刻的景色倏地呼喚起千思萬緒，種種感慨似乎都融化在江水中了。

一個「愁」字化不開濃濃的滄桑人生。執鞭慕夫子，捧檄懷毛公。感激遂彈冠，安能守固窮。出生在襄陽城中薄有恆產的書香之家，孟浩然自幼便苦讀詩書，立下鴻鵠之志。當他終於決定從隱居已久的鹿門山出世謀職，不承想，慘淡的現實給了他重重的一擊。

從吳越到湘閩，漫遊了大半個國度，干謁公卿名流，以求進身之機。此時的孟浩然早已過了不惑之年，反顧自身，一面是滯遊洛陽三年無所成，應進士舉不第；一面是詩文成篇，名動公卿，傾服四座。高標理想與黯淡現實之間的鮮明反差，讓孟浩然越發不能找到自己真正的人生位置所在，迷惘與苦悶被嚼碎了，只能生生地嚥下去。

記憶的鏈條被一路顛簸切斷。人在舟中，放眼望去，漫無邊際的天與地在極遠處交疊，那渺遠的天空似乎比近處的樹木還要低，整個世界變成了渾然整體。夜幕越來越深，月光將一縷青澀的目光投射到澄清的江面上，行舟滑過，碾碎了人影晃動。在這廣袤而靜謐的宇宙之中，竟有一輪明月此刻與他是那麼親近，天上孤月與舟中遊子在這朦朧月色裡互相慰藉寂寞的心。

「君子於役，不知其期，曷至哉？雞棲於塒，日之夕矣，羊牛下來，君子於役，如之何勿思？」每當日暮降臨時，黯淡的景色格外能夠觸發人的憂思。《詩經》之中閨婦思歸夫，〈宿建德江〉裡失意遊子的惆悵情緒也都被點燃了。

孟浩然素來棲隱於鹿門山，可是他的隱不同於常人，是一種懷揣著詩意的「欲達愈隱」狀態。正如當時許多懷抱隱士傾向之人，孟浩然是為了隱居而隱居，為著對古人的一個神聖的默契而隱居，在隱居的背後孕育著一個士子的浪漫理想。無所不在的力量在左右著人的命運，他不知命運為何物，卻被這無形的鎖鏈牢牢地箝制著。

曾經帶著滿滿的雄心上下求索，想要用一身才情為大唐盛世增添一抹亮色，當他決定把隱居多載的人生沉澱轉為實際所用，可惜造化弄人，只一聲「不才明主棄」讓唐玄宗拂袖而去，大半生前程就此白白斷送，機遇一次次擦肩而過，多年臥薪嘗膽的精心準備付諸東流。

言雖止，意未盡，唐玄宗十八年（七三〇年），孟浩然帶著被棄置的憂憤再次南尋吳越，喉嚨裡被塞滿了委屈與憤懣，理想幻滅後的失落無以訴說，只能悄然幻化在這景物之中了。

曠野江清，秋色歷歷在目。在這眾鳥歸林、牛羊下山的黃昏時刻，一葉孤舟停泊在岸邊，形單影孤，愁緒盎然，遠離故鄉的羈旅漂泊之感在未竟的事業面前分外擴大，似乎連這空曠寂寥的天地都將被一顆愁緒的心融化了。

無邊落木蕭蕭下，不盡長江滾滾來

——疾病纏身的遊子視角

〈登高〉　杜甫

風急天高猿嘯哀，渚清沙白鳥飛回。
無邊落木蕭蕭下，不盡長江滾滾來。
萬里悲秋常作客，百年多病獨登台。
艱難苦恨繁霜鬢，潦倒新停濁酒杯。

夔州白帝城外的高台上旗山招展，青灰色的城牆在深秋裡挺拔著，滾滾江水無情東逝，不知將歸向何處。一位老者長衫飄飄，背手而立，念及當下終年漂泊，老病孤愁之態，眼神之中籠罩著一層層濛濛霧氣。伴著入耳的呼嘯秋風，如煙往事攪動著時光的漣漪，眼前的蕭瑟淒涼漸漸沁入骨髓，人生的艱難苦恨重新在登高臨遠過程中無邊無際地蔓延開來。

此時詩聖杜甫已然五十有六，唐代宗大曆二年（七六七年）秋，入冬之前最後一絲絢麗的掙扎已經被漸漸濃烈的嚴寒之氣擊得粉碎。

一場突如其來的安史之亂，讓一直昏昏欲睡安於逸樂的大唐王朝幡然驚醒，此時盛唐恍如一艘飽經風雨之後開始漸漸傾斜的巨船。當然在這巨船上的人們也不得倖免，世風日下，生活飄零，時代的悲哀折射到個人身上，杜甫感到鋪陳在生命底色裡的無盡蒼涼。

跨越了唐朝由盛轉衰的關鍵過程，杜甫親眼見證了一代盛世如何在時代浪濤中越是掙扎越是搖搖欲沉，目睹了處於水深火熱中的百姓如何漂泊流離於天地間。

九月九日重陽節，素有登高望遠之風俗。猶記得王維在〈九月九日憶山東兄弟〉一詩中的名句「獨在異鄉為異客，每逢佳節倍思親」，登高一事置放到詩聖的筆下，摻雜著多樣的生命體驗，越發顯得百味雜陳。

風霜淒緊，天高遠闊，一派肅殺的秋氣。夔州向以猿多著稱，峽口更以風大聞名，渺遠的天空之中偶爾瞥見飛鳥滑過的痕跡，帶來深秋的消息。猿啼哀鳴之聲久久地迴蕩在天地間，悲戚而綿長，彷彿是對於秋日最後的告別。腳下洶湧而過的長江水浩浩湯湯，寂寥的河岸上偶爾閃現出一片白色的沙岸，落腳的飛鳥轉眼瞬間一個迴旋又隨著秋風遠遠地飛走了。風之淒急、猿之哀鳴、鳥之迴旋，都籠罩著濃郁的茫茫秋氣，彷彿萬物都對這突如其來的寒意惶然無助。

仰首而視，秋葉帶著最後的絢爛在空中滑出淒美的弧線，盤旋而落，紛紛揚揚；蕭蕭而下的落葉一層層堆疊成積，覆過茫茫大地，漫無邊際。俯首低眉，但見奔流不息的江水，澎湃著傲人的風骨，滾滾向東絕塵而去。韶光蹉跎，洗白了多少青年時的豪情壯志；歲月有意，卻再也無法重染白髮銀絲。

滿目生悲事，因人作遠遊。安史之亂已經結束四載有餘，可是這場戰爭遺留的硝煙依然存在，為了爭奪一方勢力割據，地方藩鎮又乘時而興，動亂紛爭迭起。棄官寓蜀的杜甫原本已然依託嚴武幕府，暫覓得一方棲身之地。在一段又一段的流亡路程之中，所謂暫且的穩定不過是間隙旅居的驛站而已。

嚴武的病逝讓原本平靜下來的生活重新覆蓋了一層寒意，生活的天平失掉平衡，對於未來的希望隨之覆滅。失去依靠的杜甫只好離開經營了五六年的成都草堂，順江南下，想要落腳夔門，重新尋找生活的轉機。然而舟車勞頓之苦加之心情苦悶積鬱，纏身的病魔又讓這一旅程雪上加霜。輾轉到雲安休養了數月之後，身體勉強恢復，才重新啟程，奔波跋涉終抵達夔門。

來到夔門的杜甫幸得當地都督的照顧，在歷經這麼久的艱難困苦之後終於找到了落腳之地。拖著年近六十的殘軀病體，漂泊流浪了大半個西南，念及於此也難免唏噓不已。

無邊落木蕭蕭下，不盡長江滾滾來。杜少陵所觸動的不限於歲暮的感傷，更意識到將有限的生命置於無窮而永恆的宇宙之中的殘酷和無情。終日奔波漂泊的生活讓詩人對世間冷暖有著超乎尋常的敏感，今日登臨夔州白帝城外的高台，於這蕭蕭落木滾滾長江面前，曾經帶著滿身疾病客居的他感到往昔一幕幕情景撲面而來，一生的顛沛流離與這深秋之景竟然有了某種意義的關聯。

時世艱難，傾言難盡；何以解憂，唯有杜康。恨那些悄然流逝的蹉跎歲月，恨自己兩鬢斑白只剩苦恨，可是覆水難收昨日難再；哪怕想要在這潦倒困境中把盞自斟，聊以幾杯濁酒自我寬慰，念及狼狽困頓的生活不忍將酒杯停在半空，覺得酒入愁腸更加頹唐。

春去秋來，一年一年的秋日在時光中迴旋流轉，而那位在夔州白帝城外高台上嘆秋傷逝之人卻不再，不過他留下的這首〈登高〉以獨特的文學魅力在歷史長河中永生，給予一代又一代的讀詩人發以深省的人生之思。

桂魄初生秋露微，輕羅已薄未更衣

——月從東方升起

〈秋夜曲〉　王維

桂魄初生秋露微，
輕羅已薄未更衣。
銀箏夜久慇勤弄，
心怯空房不忍歸。

夜幕初臨，一輪清月滿滿地高掛在天邊。銀箏撥動著閨中女子的心弦，單衣枯坐良久，不覺已然斗轉星移。秋夜一曲，道出良人的綿綿情意。

秋露雖生，卻還是微薄稀少，秋氣寒意愈來愈濃，雖不至寒冷，然而一絲絲涼意穿過輕盈細軟的羅衣，拂過每一縷肌膚。秋涼欲更衣，忽想起遠方的丈夫，沉睡在記憶中的那些歡樂的相處時光翻湧到心頭，不覺淒然一笑；回神驚覺，孤燈下依然孑然一身，寂寥之意蔓延得更遠更深。

銀箏之聲在夜空中驟響，驚動了一片寂靜。良久的迴響一直瀰漫持續至深夜，一遍遍重複著曾經熟悉的旋律，那些旋律彈撥出一個女子從古而今的款款深情；沉浸在對丈夫的思戀中久久無法自拔，生怕音落箏停，無邊無際的孤寂又將吞噬這空房，這空房又將提醒自己當下的淒涼之境，蠶食著漫漫孤夜裡飽受煎熬的心。房空，心更空虛，其情悲切；唯有以曲寄情暫且排遣淒涼寂寞的情懷，話別無盡的相思情誼。

王維素以悠遊姿態展示於人，後期在佛教禪理的熏陶之下，越發對世間悲喜之事有了一番近乎禪意的解讀，常常獨坐於庸常處發現風景。一首〈秋夜曲〉更是將鏡頭凝縮到寂寞難寢、慇勤弄箏的閨中女子身上，細膩之情在委婉之語的營造下款款流淌：獨守空閨而沉於相思以至單衣裹身不覺寒涼；藉以彈箏自遣孤寂，音遠聲長而難忍相思。這樣的細節經過詩意渲染之後，在詩人王維筆下彷彿變作了一幅活靈活現的工筆素描，那「詩中有畫畫中有詩」的境界再一次得到昇華，形似之外神韻蕩漾，令人彷彿沉浸其中，意味深遠悠長。

〈秋夜曲〉源於樂府詩歌的〈雜曲歌詞〉，幻化於樂府，又賦予了新意。含蓄之中而情態栩栩，思婦的心理活動點點滴滴地鋪展開來，頓覺無限幽怨之情躍然紙上。這般細膩生動的描述，讓讀詩之人無不為之動容，見識到詩佛王維情透紙背的深厚藝術筆力，在閨中女子跌宕起伏的情感脈絡裡，隱隱地閃現出真實而純粹的人性光輝。

一年又一年的秋日，紅衰翠減，苒苒物華休。一夜一夜的明月，默默地望著銀箏重複著單調的歌。年年歲歲花相似，歲歲年年人不同；只是寄予在秋景之中的情感卻迥然相異，每一個難眠徹夜裡纏擾的思緒都以萬千百態侵襲而來。於是在這相似之中，又有了多樣化的秋意闡釋，黯淡秋思之中這個世界似乎也變得豐富起來。

秋夜曲裡說秋思。穿越時空之限，猶見得，獨守空房的女子彈一曲你儂我儂的相思別曲，月光依然是千年的月光，可是那沉浸在愛情中的人兒早已被歲月更易了容顏。詩歌之魅力亦在於此，它能記住那些古老的回憶，能留住那些永恆的瞬間。

卷三

邊塞外・羌笛悠悠怨楊柳

大漠孤煙直，長河落日圓

——河水吞吐日月的氣勢

〈使至塞上〉　王維

單車欲問邊，屬國過居延。
征蓬出漢塞，歸雁入胡天。
大漠孤煙直，長河落日圓。
蕭關逢候騎，都護在燕然。

曹雪芹先生的《紅樓夢》中，曾借書中人物香菱之口盛讚此詩：「『大漠孤煙直，長河落日圓』。想來煙如何直？日自然是圓的。這『直』字似無理，『圓』字似太俗。要說再找兩個字換這兩個，竟再找不出兩個字來。」、「詩的好處，有口裡說不出來的意思，想去卻是逼真的；又似乎無理的，想去竟是有理有情的。」真正的好詩意在言外，恰如羚羊掛角，無跡可求；這有理與無理的韻味讓人深深體會深意之難測，最簡單的字詞組合卻是最特別的情感體驗。

無邊無際的大漠中，沙土漫天，所有的顏色都融進了大地；一縷烽火台上的孤煙，裊裊而升，直上青天，像是挺拔地插在沙漠上似的。如緞帶般的長河緩緩地在大漠身上爬出一道亮麗的風景，裝飾著它的臉龐；那河水之上閃爍著的金色，是舞蹈的陽光，隨著流動的水波跳躍，呼嘯而來的風浪吹碎了水裡圓展渾融的落日。徐徐謝幕的餘暉斜灑在廣袤的沙漠上，給天地間的萬物都鍍上了一層金輝。泱泱盛唐大國，伴著一行威風凜凜的戰隊，雄威閃耀在吞吐天地的山河之上。

邊塞的風光浩瀚壯麗，可是隱微之中，一縷日暮西山的苦澀讓這景色有了一種最後的狂歡之感。

唐玄宗開元二十四年（七三六年）吐蕃發兵攻打唐屬國小勃律（在今喀什米爾北方），遭到侵犯的大唐子民正處於水深火熱之中，唐兵肩負著萬眾囑託，奮勇抗敵。次年春天，河西節度副大使崔希逸在青海西大破吐蕃軍隊，揚眉吐氣。

那一年，正是意氣風發，滿懷壯志未展。詩人王維以監察御史的身分奉命來到涼州，出塞宣慰，察訪軍情，出任涼州河西節度幕判官。身為一介文官，王維常沉浸在沉默的文字世界中，以往未曾飽歷戰場上的刀光劍影；如今在奔赴邊疆慰問將士途中為大漠的壯麗風光所感染，不禁聯想到前方戰場上的颯爽英姿，與這磅礴瀟灑的大漠風光冥冥之中竟成了某種契合；戍邊將士的壯志豪情尚能在五尺槍下實現，而自己如今雖被委以重任，實則這場被調離京畿的人事調動，不過是將自己淪落為權勢紛爭的犧牲品而已。各種矛盾交雜的情緒激發出這首聞名千古的〈使至塞上〉。

輕車簡行，一輛馬車在沙漠上畫出一條前往邊塞的路，馬鈴聲清脆，啼聲隱沒在沙石間，轉眼間已經帶著一行人踏過了屬國居延。綿延遼闊的邊塞風光昭示著這個朝代的雄武，踏在大唐的萬里疆土上，隨行人油然心生自豪之感。可是在這茫茫的天地間，且看那隨著時節而遷徙的候鳥，在春日到來的時候，又開始了北歸的征程。

詩人自感不過是一束隨風飄飛的蓬草，如今被一紙聖諭帶到了邊塞。邊塞的壯麗風光恍如畫境般滌蕩著人們的心靈，哪怕是大漠裡的孤煙與落日也在感染激發著人心的內在力量。行走途中遇到負責偵察通訊的騎兵，探得戰場消息未卜，詩人忍不住聯想，主帥破敵之後，定然會帶來得勝還師的好消息。

原本被排擠離京，王維帶著滿腹的委屈與不甘，自喻如蓬草般無所可依，被這無從把握的命運力量推到了這樣的處境，甚至失去自我抉擇的權利，難言的孤寂飄零之感湧上心頭。邊陲大漠壯麗雄奇的景象，將原本的苦悶消融在遼闊之境中，那由於被排擠而產生的孤寂悲傷似乎得到了淘洗淨化，轉化為一種更為豁達的慷慨悲壯之情，人生的參悟隨著境界的開闊得到了昇華。

狀難言之景於目前，含不盡之意於言外。大漠粗獷剛毅的精神，凝聚了詩人的心境，讓他對這段波折的生命旅程有了一番別樣的解讀。一曲「大漠孤煙直，長河落日圓」的讚歌，悠揚地飄揚在大漠上，飽經滄桑的生命在堅毅樂觀的基調裡重新煥發出生機與活力。

醉臥沙場君莫笑，古來征戰幾人回

——將生死置之度外的氣魄

〈涼州詞〉　王翰

葡萄美酒夜光杯，
欲飲琵琶馬上催。
醉臥沙場君莫笑，
古來征戰幾人回？

寥寥幾語，淺而俗白，細細斟酌，莫若深窖藏酒，越發醇香。

星光閃耀，杯影閃動，夜色微醺惹人醉。在邊塞大漠的戰場上，這樣的一個開場白是少見的，一種蓬勃歡愉的氣氛洋溢其間，不知這個故事將如何展開。

在短短的〈涼州詞〉中，王翰用二十八字行雲流水般地闡釋了戰爭背景下的悲歡離合，一場殘酷戰爭開始前的狂歡盛筵。

綺麗耀眼的詞語與激昂鏗鏘的音調恍如戰爭前的隆隆擂鼓，定下開篇的第一句，這個故事在「葡萄美酒夜光杯」中緩緩拉開了序幕。燈光閃爍，酒筵上甘醇的葡萄美酒在精美的夜光杯之中搖曳；杯中人影晃動，歡歌笑語沿著酒杯滑出一道弧線，杯盞更迭，伴著歌妓們彈奏的急促而歡快的琵琶聲共飲下肚，筵席中人人都被迷濛的酒色圍攏了。

酒正酣時，宴飲的歡愉場面與豪放俊爽的精神狀態相得益彰。伴著激越的琵琶聲和飛揚的酒興，痛飲過後便醉意微醺了。在這酒場高潮的時候，又將要奔赴戰場，若是就這樣醉倒在戰場上，諸君也莫要嘲笑了。自古以來，舉凡是踏上戰場之人，早已將生死置之度外，從那片血染的沙場上活著回來的又有幾人呢。末了，雖是為勸酒所作的諧謔語，然而卻讓人為之動容，狂歡散落是無盡的淒涼，戰爭帶給人們的究竟是至上的榮耀還是無盡悲慟……

酒筵上本是一派歡樂氣氛，在這歡樂中融入了生與死的抉擇，那種視死如歸的勇氣裡透露著將士將生死之事置之度外的無所謂，這種看似曠達豪邁的胸懷，其背後蘊涵的深意就值得讓人深思，內心的隱憂與幻滅只能寄寓於酒後妄語，其背後沉甸甸的負重則是生命所承受的重量。

從初唐到開元盛世，疆域邊境不斷受到少數民族的侵犯，在前往禦敵的過程中，武官也常常需要一批文官隨軍掌管文牘事務。「唯有涼州歌舞曲，流傳天下樂閒人。」一曲曲「涼州詞」在這些文官詩人手中化為千古詩句，也為初唐詩壇帶來了無比振奮的新氣象。

當王翰以駕部員外郎的身分前往西北前線慰勞軍士時，飽覽了大漠的秀麗風光，同時也深深地感受到在生死與勝敗之間的天平上，左右衡量在步履維艱中艱難地進行。當他站在一個旁觀者的角度上審視這位即將奔赴戰場的將軍，對於戰爭的必然與生死的偶然產生了基於人性底蘊的深思。

盛唐氣度豪放，國力張揚，在與邊境外族的往來中，史冊曾留下過千里迢迢奔赴匈奴和親的佳話，也有留下刀戈相見血濺鐵甲的兵戎時刻。唐朝的歷史疆域是在一場又一場戰爭的積澱中穩固而擴張的，當面對外敵的入侵，戰爭成了某種意義上的必然。可是對於每一個參加戰爭的個體來說，馬革裹屍如果是他們的宿命，那麼帶著醉意的自嘲與戲謔似乎撥動了生命裡最脆弱的一根琴弦。

戰爭給這個朝代帶來了昂首挺胸的豪邁與威望，讓子民擁有超乎尋常的激越氣概；然而無數次的戰爭又像是嗜血的魔獸，將鮮活的生命以戰爭的名義踐踏；換來的榮耀與輝煌在燦爛的夕陽下閃耀著暈染著血的鮮紅。面對茫茫沙場和胡風酒筵，此刻對戰爭與娛樂，生與死的體驗，也帶有幾分唐人的豪放。

軍人的榮譽及命運是與戰爭相關的，而軍人的生命亦是與戰爭休戚相關的。於是通過戰爭這一橋梁，這功名與生死就連結在一起。在豪華場面和美麗字句的掩蓋下，那酒後醉醺醺的壯語似乎成了心跡的表白，略帶悲涼的心境被揭開了面紗。

把酒言歡，痛快過後便把生命交付戰場，戰場上瀰漫的硝煙很快覆蓋了葡萄美酒夜光杯，悠揚的琵琶聲仍在記憶裡閃現，而如今耳邊已是嘶喊聲震天……

但使龍城飛將在，不教胡馬度陰山

——耐人尋味的弦外之音

〈出塞二首（其一）〉　王昌齡

秦時明月漢時關，
萬里長征人未還。
但使龍城飛將在，
不教胡馬度陰山。

同樣面對戰爭，王翰飽含著「醉臥沙場君莫笑，古來征戰幾人回」的豁達與諧謔；可是在王昌齡的信手隨筆點染下，寫意出一片關山冷月氣壯山河的浩瀚之氣，字裡行間滿是邊塞將士的豪情壯語。

皓月當空，千年的銀輝穿越時間界限，依然無知無慾地照耀著萬里關塞，遼遠的大地靜謐而安詳，唯有呼嘯而過的西風捲過腳下塵土，將人捲進了回憶。物是人非，景色依然，只是屢屢進犯的外族一次又一次入侵，戍守邊關的將士置換了一批又一批。

所有夜晚的靜謐都是暫時的，轉而白天的喧囂又將襲捲而來，連綿不斷的戰爭一直持續至今，想像著在這片萬里明月的土地下，埋葬了多少獻身捐軀邊疆、至死未歸的戰士之魂。

歷史悠久的邊塞，凝聚了一代又一代人的熱血與回憶。從青蔥少年到冉冉白髮，多少戍邊將士將終身的命運都奉獻給了這片土地，頭頂閃耀的星辰見證了他們的勇猛和志氣。漢將的威武雄風仍然飄揚在歷史史冊中，而如今唐朝邊塞百姓在匈奴的入侵下再次陷於水深火熱的煎熬中，若是曾經像李廣、衛青那樣的名將依然在世的話，定然不會讓敵人的馬隊度過陰山。

字裡行間，王昌齡並不僅僅醉心於大漠風光或是戰爭場面的描寫，以邊塞為立足點，縱貫古今，打通時空，將詩歌之境提升到前所未有的廣度，境界亦隨之昇華。從秦時的明月邊塞逐步展開，一直慨嘆到如今將無帥才的現實，古今對比之下詩心自明，隱微的詩句正是批判當下朝廷用人不當，才造成了烽火長燃、征人不還的局面。

作此詩時，正值王昌齡早年赴西域時，盛唐在屢屢的對外勝仗中積攢的旺盛民族自信心也充分體現在〈邊塞〉中，克敵制勝的強烈自信鼓動著慷慨激昂的向上精神。雖未參與戰爭之中，但是身為詩人的王昌齡也用自己的詩歌方式陳述了對於當下戰爭的看法。

一句「但使龍城飛將在，不教胡馬度陰山」，看似表面上緬懷舊朝英雄的颯爽英姿，而實則那耐人尋味的弦外之音提煉出貫穿於時間與空間的永恆思考，深深蘊含著詩人對於底層人民的人文關懷。

當戰爭被置於人性的高度衡量，才能夠真正理解戰爭的目的；期待著調任且早日能夠結束戰爭的良將，並不僅僅是為了耀武國威，用一場勝利來張揚民族自信心，而是為了那些戍守邊關萬里未還的將士們能早日返鄉與家人團聚，為了讓黎民百姓重新沐浴和平的曙光，為了生命不再受踐踏，為了深受戰爭負荷的人民能夠恢復正常地生活……〈邊塞〉正是反映了人們最純樸也是最珍貴的願望。

閨中人如何企盼久別未見的將士歸來，如何終日裡提心吊膽地擔憂著戰場上征夫的生死安危，而戰場之人又如何思念故土，如何想要奮勇殺敵早日結束戰爭；邊塞人民忍辱負重擔憂驚懼的漫漫長夜，戰場上哭號連天血流成河的慘烈景象，這一切一切的場景都被隱去了，雖未提一字，卻讓人忍不住用想像來填補。二十八字之外，留給人們的是無盡的思考與想像。

萬里以外的邊塞交織出歷史縱橫交錯的網羅，個體的命運被引入歷史長河中回憶、體驗與思考，在戰爭中輾轉罹難，卻不得不重新受制於戰爭，戰爭中並沒有絕對的勝利者，所有的勝利都是建立在對人民的傷害基礎之上；只是希冀著有那麼一天戰爭能夠早一點結束，能夠早一日撫平人們心中的傷痕……

黑雲壓城城欲摧，甲光向日金鱗開

——日光下的片片金鱗

〈雁門太守行〉　李賀

黑雲壓城城欲摧，甲光向日金鱗開。
角聲滿天秋色裡，塞上燕脂凝夜紫。
半卷紅旗臨易水，霜重鼓寒聲不起。
報君黃金台上意，提攜玉龍為君死！

李賀之詩猶如畫了煙燻濃妝的女子，在狂傲不羈的表面下隱藏著一顆淒冷孤獨的靈魂。

素有「詩鬼」之稱的李賀，背負著不同尋常人的成長經歷。貧寒的家境成了他童年生活裡揮之不去的陰影，異於常人的敏感讓李賀從小便對人間之事有著超凡脫俗的體悟。聰穎的才思讓李賀未及弱冠之年便譽滿京華，不料多舛命途卻處處刁難，讓李賀的一生受盡波折。

詩如其人，他的詩歌特色亦往往以詭譎空靈見長，出身底層的經歷讓他對於人間疾苦有著透之髮膚的深刻體會，對世間百態往往能夠創見獨到精微的見解。在這首〈雁門太守行〉中亦是如此。

天邊烏雲翻滾，不斷積聚的濃雲越來越低沉，恍如大海中的驚濤駭浪澎湃著萬丈豪情；地下萬軍橫臥，一排排地翻湧著兵戈之浪，戰爭的氣息越來越濃烈，整座城池都要被震耳欲聾的擂鼓聲摧倒似的，緊張的戰爭局勢將一觸即發。

忽而，風雲變幻，一縷陽光劃破了黑暗，從烏雲相間的縫隙裡斜射下來，映照在守城將士的鎧甲衣上。金燦燦的陽光溫柔地在盔甲上盤旋纏繞，片片金鱗若隱若現，奪人眼目。此刻的他們正披堅執銳，嚴陣以待，突破了敵人的防線，大軍勢如破竹般擊潰了敵軍陣營，最後的勝利已近在眼前。

圍城與突圍，構成了一個完美的意義單位。然而對於滿溢著壯志豪情的將士們來說還遠遠不夠，快馬加鞭不捨追敵的腳步。時值深秋，萬木搖落，在一片死寂之中，車轂交錯、短兵相接的激烈場面最後全凝聚在淺淺的一句「角聲滿天秋色裡」，待到塵埃落定，如泣如訴的號角聲響徹在漫天秋色之中，戰士們的鮮血染紅了秋日的夕陽，晚霞映照著一片狼藉的戰場，大塊如烈焰胭脂般鮮艷的血跡，透過夜霧凝結在大地上呈現一片赤紫，這黯然凝重的氛圍讓人忍不住聯想到剛剛結束的這場生死交鋒。

敵軍前逃，追兵緊隨。直到兵臨易水，無路可走，歷史上大將韓信的背水之戰即將重演，便可想像當時的情勢何等危急！在這樣嚴峻的時空背景下，戰鼓似乎也因為霜意厚重而不肯鳴響，一旦鼓聲響起，便意味著無數的生命將在這殘酷的血雨腥風下幻化為亡靈。「風蕭蕭兮易水寒，壯士一去兮不復還。」明知這場血戰之後等待自己的可能是馬革裹尸的悲劇收場，然而戰場上的將士依然不捨報效朝廷的決心。寧死不負君主重賢之囑託，一位位昂然挺立視死如歸的將士形象便躍然紙上。

從「黑雲」到「金鱗」到「秋色」再到「胭脂」，斑斕鮮明的色彩跨越了各種譜系，交織出複雜而深邃的情感。在李賀綺麗峭奇的意象描寫中，他如同一位高明的畫家，用顏色來勾勒事件，用顏色來打動人心，各種各樣新奇濃重的色彩，構成了詩意的張力，有效地顯示了意義的多層次性。

創作〈雁門太守行〉一詩的時候，年僅十七歲意氣風發的李賀懷揣著投筆從戎的夢想。一個又一個愛國將領的英雄事蹟傳入耳畔，少年的他對此充滿了熱烈的禮讚和無比的欽佩。榜樣的力量讓他深深沉醉在有朝一日可以馳騁疆場揮斥方遒的夢想裡，可是現實的不得志又給予他重重一擊。雖然當時正處於熱血噴湧的青春年華，但是李賀對於戰爭的認識並沒有侷限在洋溢著樂觀主義情調的盲目崇拜中，他也能深深地感受到戰爭背後的殘酷無情，這樣多層次的體會對於一個初諳世事的少年來說，實屬難能可貴的。

旌旗招展，擂鼓震天，日光下的片片金鱗閃爍著迷人的光彩。全軍將士的生死榮辱與一場戰爭緊緊相依連，戰場上奮勇殺敵的身影又醞釀著少年追慕先輩建功立業的夢想，這樣一場戰爭的意義似乎變得讓人更加耐人尋味。

胡雁哀鳴夜夜飛，胡兒眼淚雙雙落

——男兒有淚不輕彈

〈古從軍行〉　李頎

白日登山望烽火，黃昏飲馬傍交河。
行人刁斗風沙暗，公主琵琶幽怨多。
野雲萬里無城郭，雨雪紛紛連大漠。
胡雁哀鳴夜夜飛，胡兒眼淚雙雙落。
聞道玉門猶被遮，應將性命逐輕車。
年年戰骨埋荒外，空見蒲桃入漢家。

邊塞詩歌的源頭可追溯至先秦時期。《詩經》之中就曾有過《小雅．出車》、《小雅．六月》等關於邊疆的詩歌描寫，可是歷經各朝代變遷及至唐代，邊塞詩歌已然發展成一支龐大的流派隊伍，成為唐朝詩歌史上一道亮麗的風景線。

邊塞之作必然與戰爭之事密不可分，迥然多異的主題讓邊塞詩在不同詩人手中又呈現出豐富多元的形態，或是讚頌馳騁沙場、建立功勛的英雄壯志，或是表現慷慨從容、抗敵禦侮的激昂精神，同時也不乏征夫思婦的離愁別怨，戰爭背後遭受生靈塗炭的鮮活生命也漸漸走入了邊塞詩歌的視野之中。一首〈古從軍行〉以赤裸裸的控訴鞭撻著不義戰爭給人們帶來的無情傷害。

白日裡登臨報警的烽火台觀察敵情，黃昏時牽馬飲水到河邊，這樣日復一日的時間輪迴消磨了一代又一代戍邊戰士的青春歲月。漢朝細君公主遠嫁烏孫國時殘留在路上的琵琶聲似乎又重新嗚嗚咽咽地從遠方傳來，如泣如訴，伴隨著寂寞邊塞人的幽怨。

邊塞風光縱然有過像王維筆下「大漠孤煙直，長河落日圓」那般的雄渾壯闊，也有過李賀筆下「黑雲壓城城欲摧，甲光向日金鱗開」那般的詭譎綺麗，然而真實的大漠更多的則是「行人刁斗風沙暗」的景象。昏暗的風沙層層襲捲而來，刁斗之聲也被這肆虐的風沙塵土湮沒了。

環顧四周，荒野茫茫，不見城郭人煙的痕跡；大漠上惡劣的天氣接踵而來，紛紛雨雪簌然而下，邊塞覆鋪上了一層層白茫茫的寒意。刺骨的寒風穿透了戰士的鎧甲，淒冷苦寒之態足以想像。

窮凶極惡的邊塞環境已經無法以語言直接形容了。單是一句簡單的「胡雁哀鳴夜夜飛，胡兒眼淚雙雙落」，足以從側面烘托出戍邊至此的將士們飽受艱苦生活的煎熬。難耐惡劣的氣候，哀鳴的胡雁夜夜在天空中盤旋飛翔，就連胡人的士兵也常常哀怨啼淚。胡兒胡雁都是土生土長的，尚且對這不毛之地滿是抱怨，更何況遠行漂泊至此的戍邊人。這一烘雲托月的藝術力量折射著戍邊人飽受邊塞之苦的現實境況，暗湧著戍邊人對於現實的不滿積鬱。

當一干將士被拋棄在這胡雁哀鳴、胡人沾淚的貧瘠之地，急欲班師回朝之念頭越來越強烈，然而日日等來的訊息卻是窮兵黷武征遼海的朝廷詔令，這詔令猶如一道無形的屏障將征人擋在玉門關外，任由思歸之念折磨人心。罷兵不能，將士的性命只能交由天意掌管，無可奈何之下跟著本部的將領與敵軍拚鬥，可惜軍心已渙散、軍力甚薄弱的慘狀預示了悲慘的結局早已命中注定。

再驍勇善戰的邊塞征人，也逃不掉最終屍埋荒野的下場，骸骨已混雜著大漠的泥土，靈魂卻依然嚮往著回歸家的方向。橫布在野外的屍體，目送著新一批將士踏過這片土地，眼見著他們臉上稚嫩的氣息還未消退，又漸漸地被這邊塞的苦寒磨去了青春熱情，最終像先烈一樣，將生命終結在這片混雜著硝煙的沙場上。年復一年的輪迴，埋葬了無數人的青春與命運，這樣的代價最終換來的不過是「空見蒲桃入漢家」而已。萬千屍骨沉埋於荒野，僅換得葡萄歸種中原，這一得不償失的懸殊代價下，張顯的是詩人砰然有力的主觀價值批判。

一首〈古從軍行〉凝於邊塞人事的描寫，字裡行間卻是直指當朝皇帝的所作所為。邊塞上呈現的慘劇雖是漢皇開邊所致，然而詩人暗裡借古意諷刺當下玄宗用兵之事。當統治者的一紙聖令將無數征人調至邊塞，每一位將士都牽動著無數親人的心，支撐一場戰爭的不僅是戰場上數以萬計的生命，更是生命背後一個個家庭的命運。帝王的好大喜功窮兵黷武，換來的是人民生命如草芥般被踐踏，戰爭的意義再一次引人深思。

胡雁哀鳴夜夜飛，胡兒眼淚雙雙落。征人們的悲慘遭遇與君主的刻薄寡恩形成鮮明對照，當戰士的骸骨與蒲桃一齊入貢，根植於靈魂深處的人性反思開始悄然復甦，這是對於戰爭最有力的反省。

更催飛將追驕虜，莫遣沙場匹馬還

——堅信必勝的豪邁情懷

〈軍城早秋〉　嚴武

昨夜秋風入漢關，
朔雲邊月滿西山。
更催飛將追驕虜，
莫遣沙場匹馬還。

筆走龍蛇在宣紙上畫出英氣豪情，金戈鐵馬在戰場上殺出錚錚鐵骨。一位背負著將軍頭銜的詩人，以筆為劍，洋洋灑灑揮毫潑墨，一代英雄的形象栩栩如生。

安史之亂給唐朝的國力帶來了不可計量的重挫，千瘡百孔的國家傷疤還未痊癒，新的傷害又給予沉重一擊。

邊疆的紛擾此起彼伏，吐蕃乘虛而入，曾一度兵臨城下，危逼長安城。後來西南邊境也開始受到異族的侵擾，大將嚴武直臨前線，親眼目睹了邊境子民受人欺凌任人宰割的慘狀。

唐代宗廣德二年（七六四年）秋日，寒雲低壓，月色清冷，陰沉肅穆的氣氛更為濃重，這氛圍正似風雲突變的前兆，大戰前的沉默。

呼嘯而來的秋風橫掃關塞，吹落一地紅衰翠減；與此同時，匈奴的鐵騎踐踏大唐邊境，所到之處生靈塗炭，狼藉一片。時任劍南節度使的嚴武正鎮守劍南，一身戎裝肩負著民族盛名與百姓榮光，浩浩蕩蕩的大軍捲起陣陣風塵，誓殺進犯者的決心星月可鑑。

西征的隊伍一步步擊破敵軍，收復失地，安定了蜀地。同吐蕃的激烈交戰讓嚴武重拾克敵制勝的英勇霸氣，身為將帥的責任與擔當被無限度地激發出來。戰之勝負與國之榮辱聯繫在一起，作戰者無不器宇軒昂，氣魄四射。

嚴武的浩然之氣更是淋漓盡致地體現在「更催飛將追驕虜，莫遣沙場匹馬還」之中。撥開戰場上的瀰漫硝煙，主將剛毅果斷的氣魄和勝利在握的神情躍然眼前，勢如破竹的氣勢直入雲霄，震耳欲聾的呼喊聲召喚著勝利的曙光，趁著士氣正旺，乘勝撒開戰馬的鐵蹄，奮起直追潰敗的敵軍，誓言破敵的氣概鼓動著鬥志，莫要讓敵人的一兵一馬從戰場上潰敗逃回。

身為主將的嚴武是用兵的行家，洞察時局，出奇制勝，善於領兵作戰。原本繼他之後接任成都尹職的高適，面對吐蕃內犯、攻陷隴右的危局力不勝任，於是嚴武再次被派任為成都尹、劍南節度使，以解內憂外患之急。

重新受到重用的嚴武終於找到了能夠讓自己展翅翱翔的天空，當年九月便擊退吐蕃七萬餘眾，拿下了當狗城（四川理縣西南），十月又收復了鹽川城（甘肅漳縣西北），率領兵將乘勝追擊落敗而逃的匈奴，趁勢拓地數百里，一舉擊退了吐蕃的大舉入侵，重拾西南邊疆的一片安寧。

征途中的一片赤膽忠心在嚴武筆下化作〈軍城早秋〉，字裡行間充滿了一個愛國將領的傲氣與豪情。恪守著儒家入世精神的嚴武並非是對戰爭有著怎樣汲汲營營的態度，只是身為大將的他將戰爭視為實現個人價值、報效國家的一種方式。壯志能酬，一身才氣終得賞識，得以轉化成在戰場上克敵稱雄的霸氣，其間洋溢的樂觀自信之豪邁情懷，閃耀著屬於那個時代的燦爛光輝。

將帥之才大多具備英武之氣概，而少文豪筆墨之細膩。在唐代，像是嚴武這樣兼備文武的詩人並不多見。他憑藉著率真豁達的性格結交了眾多好友，與杜甫的一段高山流水之情更是被傳為佳話。其精神中滿溢著的正義之氣也深深感染著杜甫，終其一生對於理想的追求至死不渝，昭示著一介愛國士子的拳拳之心。

錦江春色逐人來，巫峽清秋萬壑哀。嚴武的離世不僅帶走了大唐的一位將才，更一點一點地抽走了這個時代殘存的一點生機，像「更催飛將追驕虜，莫遣沙場匹馬還」這般充滿豪情壯志的詩句難以再見了。

長逝者已矣，當年治蜀的政績歷歷在目，又是一年秋日，蜀中大亂，邊塞進犯的消息再次傳來，而如今，唯有一首〈軍城早秋〉留予後人品味懷念……

卷四——別離時·一片冰心在玉壺

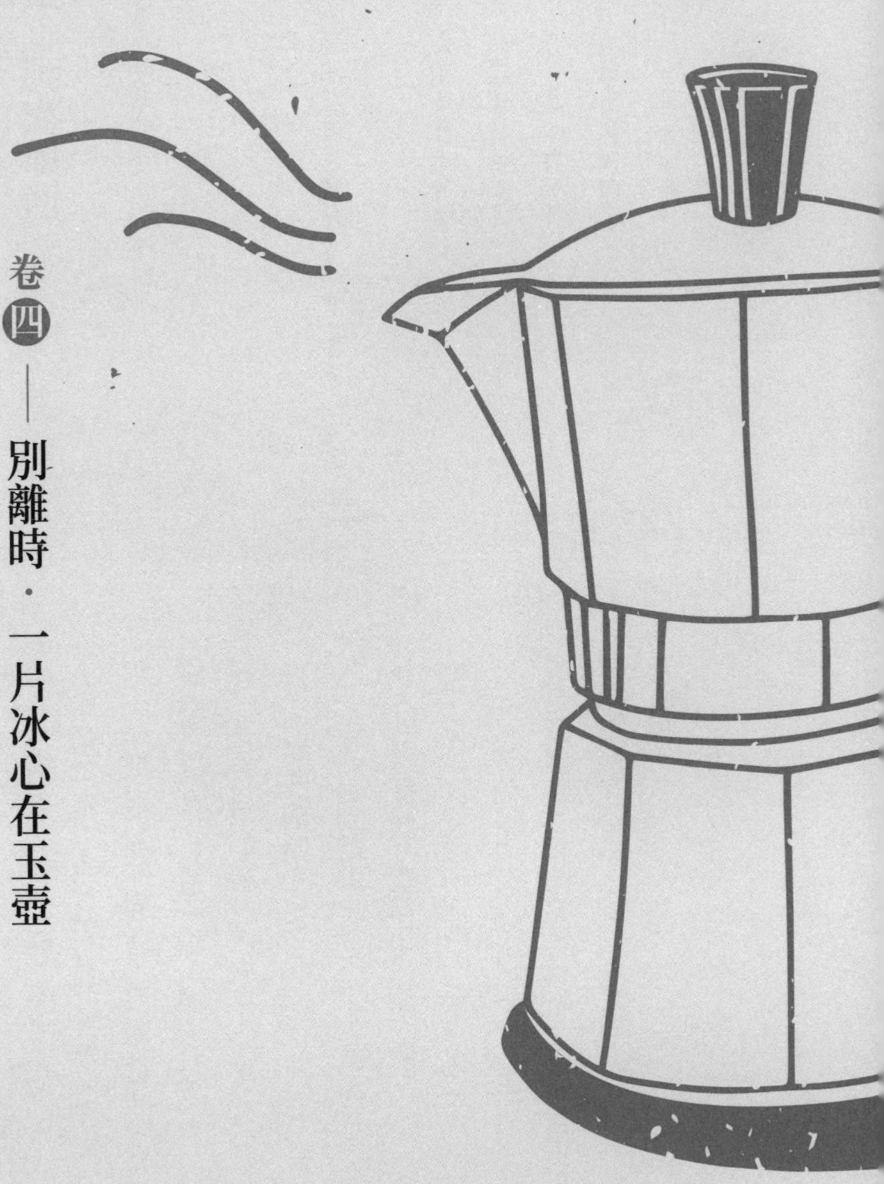

我寄愁心與明月，隨風直到夜郎西

——明月知我心

〈聞王昌齡左遷龍標遙有此寄〉　李白

楊花落盡子規啼，
聞道龍標過五溪。
我寄愁心與明月，
隨風直到夜郎西。

離別時，沒有那婆娑淚眼相望，不見淒淒慘慘戚戚，只放眼望去楊柳依依。將行之人的漫漫前程，送別人已無法同路，只願輕輕道一聲安好，托月寄情，讓明月做媒，代為自己的替身，向友人傳去自己的思念與陪伴。

古之送別詩向來少不了款款深情，若無肝腸寸斷涕泗橫流之態，似乎無以表達離別之時的憂傷與不捨。可是到了大詩人李白手中，不過是蜻蜓點水般的寥寥幾語，看似無心的點染卻讓人細細琢磨別有一番韻味。

暮春初夏之交，當柳絮簌簌而

下如鵝毛大雪般一層層沉寂在地面上，當杜鵑鳥異常淒切動人的鳴聲響起，這樣的聲色場景對於寄遊在外的李白來說已經夠撩人愁思的了，耳畔又忽然傳來好友王昌齡被貶謫即將遠行的消息。

淺淺的一句心情直白，簡簡單單的事件始末交代，卻一步步引領到這愁心之憂上來。遠遊在外之人又遇到友人離別，讓原本霜寒的魂靈越發清冷愁苦。「楊花落盡子規啼，聞道龍標過五溪。」不著一個「愁」字而情感自出，這樣自然的筆觸在尋常之間道出巧奪天工的精魄。

不僅楊柳，明月亦是唐詩中的常客。寄寓明月抒發旅思鄉愁懷舊念遠之情，是文人墨客們常常善用的表現手段。同一明月，在不同的詩中變換不同的用法，表現之情亦是千差萬別。且不說南朝樂府〈子夜四時歌〉中的「仰頭看明月，寄情千里光」，亦不多言湯惠休〈怨詩行〉中的「明月照高樓，含君千里光」，單是這句「我寄愁心與明月，隨風直到夜郎西」便讓人深沐春風化雨之感。

當前代詩人還只是在看到明月之後聯想到異地的親友，進而想托明月寄去自己的一片深情，而李白在這裡不僅要托月寄情，更是讓明月幻化作自己的象徵。本來無知無情的明月，竟變成了一個深感己心富於同情心的知心人，將詩人對友人的懷念交給那不幸的遷謫者，替自己伴隨著遠行之人前往那夜郎以西邊遠荒涼的所在。

一紙詔令自此改寫了王昌齡的命運，王昌齡從江寧丞被貶為龍標縣（今湖南黔陽縣）尉，從此他將離開這繁華之所，去往荒僻邊遠的不毛之地。這一離別不僅意味著與好友難再相見，更意味著從此王昌齡的仕途將一蹶不振。對老友遭遇的深刻隱憂加之對現實的憤慨不平讓李白愁思益深，好友此番由江寧溯江而上前往龍標，遠方等待的下一個人生旅途又將是何樣風景……遠在揚州、行止飄忽不定的詩人自然無法與老友當面話別，只好把一片深情託付給千里明月，向老友遙致思念之憂了。

天寶年間，當李白在長安供奉翰林時曾與王昌齡有過密切交往，情投意合的兩人在那段有限的時光裡結下了深厚友誼。縱然後來命運的周折將兩人引向截然不同的人生軌道，然而，在那段時間裡的相知相惜讓兩人碰撞出了璀璨的光彩，再次聽聞好友的消息，卻是兩人依依話別時……

好友話別，情意真切。當李白將思念寄予因得罪權貴而遭遇左遷的王昌齡之時，亦不禁捫心沉思。那遙遙的愁思，不僅滲透著對王昌齡坎坷仕途的擔憂，更蘊藏著同樣一生傲岸不羈的李白對自己不平際遇的憤懣。曾經高歌著「一片冰心在玉壺」的桀驁之士即將被流放到遠方，而等待著不願「摧眉折腰事權貴」的李白亦是遭遇一次次才情被棄的結局。

將愁心寄予明月，藉著風的翅膀直伴友人到貶謫之地。這離奇的想像固然讓人耳目一新，然而細細品味，明月寄託著太多人的相思別緒，這外加的情感負荷不過是賞月人的一廂情願而已。於明月本身來說，它不過無所憂愁地高掛在天上，歲歲年年亦不改變。無知無覺的明月，與詩人這無處安放的愁心之間，形成了巨大的情感裂縫，反襯之下，越發突出這愁緒的渺茫無依。

當這首〈聞王昌齡左遷龍標遙有此寄〉跨過山川大海飄飄灑灑地落在友人的几案上，殘存在宣紙上的墨香依然縈繞。在縷縷的墨香中，一段知音情誼如清泉般潺潺流淌於心……

勸君更盡一杯酒，西出陽關無故人

——壯舉背後的艱辛寂寞

〈送元二使安西〉　王維

渭城朝雨浥輕塵，
客舍青青柳色新。
勸君更盡一杯酒，
西出陽關無故人。

琵琶聲起，彈出一曲離愁別緒；勸酒辭濃，眾口嚷嚷實屬真情意。醇酒入口，難以滋潤心頭的苦澀，遠遊的行囊上滿載著友人的祝福，微醺的眼神瀰漫著一層朦朧霧氣，似乎所有的歡愉與淚水都沉浸在這筵席酒場上了。

他是才華橫溢的才子，工於詩畫，他的詩如畫卷，美不勝收，創造了水墨山水畫派，獨成一家。他是懷抱著理想抱負的有為青年，出使邊塞，報效國家。他功成名就，官居尚書右丞，號稱「王右丞」。他也因宦海浮沉，幽居終南。王維（字摩詰）因名聲顯赫在安史之亂中曾仕偽官，後因寫了思慕天子的詩，加之其弟平反有功，為之求情而倖免於難。當此之時，經歷了風風雨雨，大起大落之後，識破人心真面目，方知友情的珍貴。他珍惜每一個朋友，珍惜與每一個友人共處的美好時光。

曾經的大漠之行留給了摩詰深刻的印象，「大漠孤煙直，長河落日圓」的景象依稀留存於他的心中，即便是那些美麗如詩的畫面也不能掩蓋邊疆環境的惡劣。浩瀚的沙漠，百里無人煙的荒野，惡劣的自然環境無不留給他深刻的印象。此時，他在風景美麗的渭城，親朋好友如影隨形，他要送別的是他的好朋友元二，要去他曾經去過的浩瀚如煙的陽關之外。當年已不復，曾經那裡是大唐的邊疆，如今國力衰微，狼煙四起，關內已民不聊生，國家局勢岌岌可危，更何況那遙遠的邊疆。

渭城的客舍一排排靜立著，自東向西而去的驛道如長龍般綿延不見盡頭。清晨的渭城散發著新鮮的生命力，經過晨雨的洗滌，萬物都煥發重生般的朝氣。地上的輕塵悄然消融在細膩的雨滴中，彷彿天從人願，特意為遠行的人安排一條輕塵不揚的康莊道路。

春景宜人，風光如畫。不過在這渭城的客舍卻守護著一個又一個即將遠行的羈旅者。這裡對於他們來說，不過是人生旅途中一個小小的驛站，不久之後，又將重新背起行囊奔向遠方。平日裡塵土飛揚，路旁的柳色不免籠罩著灰濛濛的塵霧，一場朝雨一色新，拂去輕塵之後，那青翠的本色又重新煥發光亮。柳色之清新映照青青客舍，從清朗天宇到潔淨道路，從青青客舍到翠綠楊柳，構成了一幅色調清新明朗的風景畫，絲毫不見情感的黯然委頓，反而處處洋溢著輕快而富於希望的情調。

詩的前半部分絲毫不見離別的感傷與愁語，一聲「勸君更盡一杯酒，西出陽關無故人」似乎將人重新從浮想聯翩中重新拉回了現實的酒席間，遠行之人一定要在這最後的筵席裡再乾下這一杯酒，遙想未來，出了陽關，便可能從此與一干老友南北異地再難相見話別。

於那宴席上如何頻頻舉杯、慇勤話別，酒過三巡如何淚灑席間，相依相別，當啟程的號角響起楊柳邊又是如何戀戀難捨，登程後如何手搭涼棚、矚目遙望，這一切的場景都化在讀詩之人的想像中了。詩人如同高明的攝影師，將那最具表現力的鏡頭凝結在十四字的精華之中。宴席已經進行了很長一段時間，慇勤告別的話語已經重複過無數次，釀滿別情的醇酒已經喝過多巡，當友人上路的時刻到來之時，主客雙方的惜別之情在這一瞬間抵達了高峰。一句「西出陽關無故人」看似無意間的脫口而出，細細品來凝聚著送別人強烈深摯的惜別之意。

此時，他的心情是複雜的，元二的紛雜心情他也可以理解。亂世出英雄，元二想的是此時是立功的大好機會，也許在此時可以實現多年的夙願，建功立業，豐功偉績，名留青史。然而，沒有人比王維更清楚關外的狀況，夕陽西下，斷腸人在天涯的寂寞，萬里征戰幾人回的淒涼，他比誰都清楚。他不忍心看著朋友去那荒涼的所在，他多麼想留住元二，希望他不去安西，希望可以和朋友朝夕相處，安享晚年。

清晨細雨繽紛過後的渭城，空氣裡飄蕩著泥土的芬芳氣息，兩個旅人互訴離別之情。兩人都曉得，想要成就一番偉大的事業就要承受比別人多無數倍的寂寞，這也是古今偉人的共同之處，誰也不能例外。因此，需要努力地去闖蕩，沒有那麼多的顧慮，他們暫時拋卻了令人不愉快的事情，盡情地喝酒，留住暫時的快樂，讓友誼永恆，讓分別沒有那麼多的落寞，是他們此刻共同的心願。

遙想那渺遠的陽關，在河西走廊的盡西頭守護著國家的邊關，在某種程度上亦是盛唐與西域的交割點。安史之亂後，唐朝邊境不斷受到來自西面吐蕃與北方突厥的侵擾，此番友人元二奉朝廷的使命前往安西，遠及至陽關之外，便是黃沙漫天的窮荒絕域，人煙稀少，處處都是淒涼蕭瑟之景。「西出陽關」雖在當時看來是壯舉，然而其間不免歷經萬里長途的跋涉，備嘗獨行窮荒的艱辛與寂寞，至於未來亦將難免遭受戰爭的威脅。此行一去，前路凶吉難卜。

王維和朋友都知道亂世的艱辛，他們都願意去承受那些寂寞，去承受別人不能承受的痛苦，願意為黎民百姓做出自己應有的一份貢獻，這是儒家的信仰。「苟利國家生死以，豈因禍福避趨之」是他們的立身處世原則，元二必須去安西，百姓需要他，國家需要他。此時的王維在落寞的人生暮年難得有一知己，朋友卻要為了自己的夢想勇闖邊疆而不得已分離，而元二要去的遠方是他曾經去過的故地，其中的淵源想必也只有詩人自己能夠理解。也難怪在此時此刻，王維的感情噴薄而出，寫下了這詩中有畫、畫中有詩的絕句。

臨行前的這一場酒局是別離在即的最後酣飲，勸君更盡的這一杯酒裡更像是浸透著詩人全部豐富深摯情誼的濃郁情感瓊漿。那些未盡的話語，那些複雜的心情，不僅有戀戀惜別的情誼，更潛藏著對遠行者處境、心情的深情體貼，甚至於道一聲珍重的殷勤祝願也都化入這醇漿瓊釀之中。淺酌一杯酒，有意無意地延宕著分手的時間；友人的離去，那些言笑晏晏的場景都將隨之流逝，兩相知己從此天涯各一方，這「西出陽關無故人」之感又何嘗只屬於行者呢？

黯然銷魂者，唯別而已矣。世界上沒有比分別更加痛苦的事情，戰亂的邊疆，友人即將奔赴未知的前途前去建功立業，而自己也在飄搖的政治環境中搖搖欲墜，以後能否歸來重聚尚不得知，一想到此處，怎麼能讓人不傷感呢？於是，詩人默默地斟滿酒，高舉酒杯希望能夠再與摯友多喝一杯酒，讓酒淹沒其中的傷感，希望沉浸酒中短暫的快樂能夠掩蓋住分別後帶來的更大落寞，也希望他們的友情天長地久，更希望朋友能夠建功立業實現夢想，期待重聚的那一天再度到來。

這小小的客棧承載、見證著兩人感天動地的友情，渭城亦在，客棧亦在，在此之前與在此之後都將會有旅人在此分離道別，唯有他們的感情銘記於世，應驗了王維這一千古絕唱。「勸君更盡一杯酒，西出陽關無故人」這一曲悠悠淺唱讓他們的友情銘記於歷史長河，深深地烙刻在分別的場景當中，成為離別的經典絕唱。即使過了數千年，我們依然能從詩句當中感受到他們深厚的友情。

臨別依依，這剎那間的情愫化作記憶中的永恆。無言的沉默裡一首渭城曲裊裊響起，青青柳色裡盡顯情誼深切，把盞更酌間珍藏著豐盈的情感。當這首渭城曲在後世千秋萬代的離別之場域中響起，曾經王維在渭城送別友人的場景又重新從記憶深處翻湧而來……

莫愁前路無知己，天下誰人不識君

——多胸臆語，兼有氣骨

〈別董大〉　高適

千里黃雲白日曛，
北風吹雁雪紛紛。
莫愁前路無知己，
天下誰人不識君。

猶記得那句「忽如一夜春風來，千樹萬樹梨花開」裡勾勒的美麗雪景圖，邊塞詩中詩人高適所營造的大氣磅礡之感似乎還未消退，而如今，這樣的豁達開闊又延展到送別詩，在送別詩中又呈現出另一番別樣的情態。

正是黃昏，太陽漸漸褪去了光彩，逐漸轉為黯淡。萬里浮雲濃密地積攢在天邊，夕陽緩緩地向西移動著腳步，在大朵大朵的白雲上暈染出片片曛黃。北風呼嘯，黃沙萬里，遮天蔽日，到處都是灰濛濛的一片。

此時友人董庭蘭即將跨馬啟程，為了前途奔向遠方。忽而從狂吹的北風中，遙遙可望空中斷雁，孤零零地翱翔在淒冷的曠野中，在這巨大的單色調背景下，越發襯得孤雁形單影隻的黯然神傷。正值離別之際，目遇此情此景，這一隻孤雁似乎觸動了無情往事，讓送別之人心生無限感念。正在此時，積鬱已久的白雪也從天空中紛紛揚揚地飄落了……

唐玄宗天寶六年（七四七年）春天，伴隨著吏部尚書的房琯被貶離朝，身為門客的董庭蘭也離開長安。精通音律的琴師董庭蘭善彈弄七弦琴，時人崔珏曾贈詩讚許道：「七條弦上五音寒，此藝知音自古難。惟有河南房次律，始終憐得董庭蘭。」怎奈何在盛行胡樂的盛唐時期，七弦琴這種曲高和寡的古樂並不能真正地被世人賞識，董庭蘭空有高山流水之音，而難有得到真正的伯牙子期之遇。

然而此時鬱鬱不得志的不僅僅是董庭蘭，就連高適亦被迫到處流浪，四海為家，空懷一身報國之志無人賞識，常常落得窘迫貧賤的境地。同是天涯淪落人，共處在困頓不達境遇中的兩人越發在靈魂上找到了相契合點。

前兩句隨意點染的景物描寫，看似無關乎人事，卻已使人如置身風雪之中，回想起董庭蘭滿身才華竟淪落至此境地，幾度欲使人涕然淚下。

面對這樣的處境，本該是無限的落寞與悲傷，恰在此時，高適筆鋒一轉，一改往昔的頹唐落敗之情，一句「莫愁前路無知己，天下誰人不識君」的勸慰之語似乎將所有的晦氣一掃而光。此番遠行，莫要擔心知音難覓，憑藉著自身卓越的音樂才華，天下哪個人會不認識琴師董庭蘭啊！這擲地有聲的話語中洋溢著積極自信的樂觀主義精神，於慰藉中充滿著信心和力量。

貧賤相交自有深沉感慨，對於高適來說，這勸慰的暗示也是影射自己。「六翮飄颻私自憐，一離京洛十餘年。」曾經飢寒窘迫的日子幾度澆滅了自己追求夢想的希望，而一聲「天下誰人不識君」的吶喊，激發著內心的失意轉化成奮而向上的強大動力，在霧濛濛的現實生活面前不願喪失內心的最後一縷陽光。

著名詩論家殷璠曾在《河岳英靈集》中褒揚高適詩歌「多胸臆語，兼有氣骨，故朝野通賞其文」，內心的積鬱情感噴薄而出，在筆下化作豁達樂觀的文字，正是高適氣骨的再現，如此樸素無華的語言，鑄造出醇厚動人、冰清玉潔的潺潺詩情。

在唐人的贈別詩篇中，那些低迴流連、肝腸寸斷的淒清纏綿之作，固然以獨特的審美趣味令人為之感切至深，但是另一種慷慨悲歌、發自肺腑的詩作，卻又以其堅強的信念與真誠的情誼，為灞橋柳色與渭城風雨增添塗抹上另一番豪邁健放之美。

高適與董琴師久別重逢，於短暫的聚會之後，如同兩條相交線一般旋即又將轉身錯開各自奔向他方。臨別前的肺腑之言，全然不細寫千絲萬縷的離愁別緒，而是滿懷激情地鼓勵友人在未來的征程中不失心中的自信與希望。這樣的贈別詩，與王維筆下「勸君更盡一杯酒，西出陽關無故人」懇切的臨別之語迥然相異，〈別董大〉已然超脫了簡簡單單的離別之愁的摹寫，而是將境界提升到一個嶄新的高度，在人生層面上探討生命的態度。

絕望之餘虛妄之感，正與希望等同。前路漫漫，縱然生活曾經在風雨中飄零，曾經陰暗如晦，可是潛藏在心中對於生活的熱情與希望卻不曾改變，高歌一曲「莫愁前路無知己，天下誰人不識君」，是對未來生命的最好禮讚！

海內存知己，天涯若比鄰

——愛，即永恆

〈送杜少府之任蜀州〉　王勃

城闕輔三秦，風煙望五津。
與君離別意，同是宦遊人。
海內存知己，天涯若比鄰。
無為在歧路，兒女共沾巾。

極目遠望，迷濛晨霧籠罩著天地，一眼望不到盡頭，縱覽四方，在流浪的道路上不知何處是團聚的終點；前路漫漫，送君離開千里之外；只此一別，即將與友人天各一方，曾經多少個綿綿長夜中徹夜長談的知己就要被空間的阻隔分割，一句「天涯若比鄰」的曠達之語，消融了無情時空之隔的惆悵與悲傷，同時宦遊之身，自該看透匆匆歲月遙遙地域，相隔再遠，只要是兩顆殷切的知音之心也能穿越時空之限彼此應和，雖在天涯亦是近鄰。

依依惜別之地正是在巍峨雄偉

的長安城，這一自古以來就被三秦之地守衛拱護的地方見證著一對友人的綿綿情誼。目及遠方，撥開蒼茫無際的風塵煙靄，似乎看見如戰士般傲然而立的五大渡口裝飾在浩瀚的長江岸上，似乎靜待著遠遊人的到來。

從長安到蜀地，一句城闕，一句五津，送別時沒有酒席筵前「勸君更盡一杯酒」的未了情誼，也沒有孤雁哀鳴楊柳依依，甚至不見執手相對淚眼凝噎無語……送別之人不過道一聲何處是起點，何處是歸宿，那些叮囑纏綿的話語都已略去，留給遠行人的是最豁然的告別儀式。

對於為求達仕漂泊在外的兩人來說，想當年的背井離鄉，已然醞釀了一層厚厚的別緒。無論在人生哪個驛站中停留過，都不過是旅居此處的過客而已。在客居中話別，就如同在別緒之上又累積了一層新的離愁，這樣的循環周折對於遠離故鄉、常年漂泊之人來說早已是家常便飯。同是宦遊的兩人不願再沉浸在無限悽惻之中，白白地讓最後短暫的相聚時光虛度在卿卿我我的話離別之上。

如果「同是宦遊人」的深刻認識已經將詩歌意境凌駕於普通的贈別詩之上，那麼一句「海內存知己，天涯若比鄰」的呼喚則將詩歌再度提升到一個真正至高的境界。空間的區隔割不斷兩人之間的知己情誼，只要同是身居四海之內，就是天涯海角也如同近在身畔一樣，長安與蜀地的距離又算得了什麼呢？

在王勃的筆下，人之情誼真正地突破了所謂時間與空間的限制，靈魂上的共鳴遠遠勝於異地域上的共處。若是同心，遠隔天涯卻近在咫尺，這一深刻的認識早已超脫了一般送別詩的狹隘之境，於深摯的情誼裡表達著耐人尋味的人生哲理。在這樣大同的理想境遇下，這份樂觀豁達的情感所呈現的是一個精神上的永恆世界。

此次友人孤身前往蜀地，遠走天涯，詩人留予的臨別贈言裡不再摻雜著悲傷的淚水，送友至此岔路，兩人即將話別，詩人反而勸慰友人莫要為這兒女之情哭哭啼啼，此時的分手並不是斬斷情誼，而是將這友情昇華至一個更加宏闊的境界。

面對分別，王勃的這般豪情深深震懾了無數人的心。友情真正地被解脫出時間與空間的束縛，讓情誼變得更加真摯感人。正是對這份友情的自信，才能在當時人與人聯繫如此不方便的情況下喊出「海內存知己，天涯若比鄰」的驚世駭俗之語。

南朝著名文學家江淹曾在〈別賦〉中摹寫了各種各樣的離別之境，無不令人喟然感傷。黯然銷魂者，為別已矣。當陰鬱離愁的色彩充溢在大多數的送別詩歌中時，王勃的〈送杜少府之任蜀州〉高揚著「海內存知己，天涯若比鄰」的積極樂觀情愫，將之前的淡淡傷離一筆盪開。

友情深厚，江山難阻。人與人間的距離不在於山高水遠，而在於靈魂之間的連結。在現世的交往中，當冷漠的情感占據了人際交往的全部空間，當人與人之間的關係需要依靠物質與時空來維繫的時候，在王勃的〈送杜少府之任蜀州〉裡，那「知己盡在四海內」的頓悟重新洗刷了人們對於真正友誼的定義。

聖代即今多雨露，暫時分手莫躊躇

——皆是嘆息

〈送李少府貶峽中王少府貶長沙〉　高適

嗟君此別意何如，駐馬銜杯問謫居。
巫峽啼猿數行淚，衡陽歸雁幾封書。
青楓江上秋帆遠，白帝城邊古木疏。
聖代即今多雨露，暫時分手莫躊躇。

高適在送別董大時「莫愁前路無知己，天下誰人不識君」的曠然之音依稀閃爍在耳畔，同樣面對友人遭遇落敗、背井離鄉的送別之境，一句「聖代即今多雨露，暫時分手莫躊躇」的殷殷慰勉語又裊裊傳來……

起起伏伏，跌宕的仕途難免給人不一樣的風景。在爾虞我詐的官場鬥爭中，曾經官拜縣尉之職的李王兩位少府最終淪為更高權力階層的犧牲品，一個被貶黜峽中，一個被謫長沙。在這場送別裡，不僅是從一地輾轉到另一地的漂泊之悵，更是友人躋身官場以來的一次生涯重創，更意味著從此生命軌道的扭轉。一首送別詩，背後默默地支撐著一個辛酸的人生故事。

因貶遠遊，兩人滿腹愁怨難以排遣，恰逢離別時刻，又在舊創之處添了新傷。或許在友人勾勒的前景裡，充斥著無盡的蒼涼。想像著當李少府風塵僕僕地奔赴至四野荒涼的峽中，淒厲的猿啼之聲在寂寥空曠的荒遠之地驟響，像尖刀一般劃破了被貶之人的心，感傷的淚水不禁蔓延在臉頰；而至於被貶謫至長沙的王少府，似乎被回雁峰上空盤旋的歸雁勾起了潮濕的記憶，從遙遠的長沙跨越千山萬水重重阻隔，就算是寄予鴻雁傳書，往來的書信也屈指可數。兩人即將遠行至這樣渺遠的淒涼之所，聯想彼此當下際遇，難言的苦澀翻湧到心頭。

縱然如此，當下時運不濟並不能讓人自此迷失前行的信念，詩人期許著李少府到達峽中之日秋高氣爽，明淨高遠、略無纖塵的天空上，褐色的枝條裝點著它的蔚藍，茫茫青楓江上划過片片孤帆的剪影，勾勒出一場秋日的盛筵。而待到王少府抵達長沙憑弔白帝城時，便可看見古木參天、枝葉扶疏之景。

寥寥幾筆勾勒出一幅想像中的歸處圖景，無酒香無柳色，卻全然不減半分真情。

高適的這一首送別詩別具一格，所述對象是兩位遠行者，詩人以想像之筆言現實之情，在一首詩歌中巧妙地運用互文手法合理地關照到各方情緒，實在是匠心獨運之筆。一面是被貶峽中的李少府，另一面是被貶長沙的王少府，縱然有太多不同，兩位少府的身分同是貶謫之人，這讓兩者的生命產生了勾連一起的結合點。

暫時的被貶並非命運的終結，前方的道路依然如同白紙一片，等待著人們在上面揮灑絢麗的色彩。希冀著兩位被貶之人莫要因暫時的挫折而喪失信心，不失掉心中那渺小的希望，終有一天，恩澤的雨露定會再次降臨到生命之中。

語重心長的勸慰和對前景的樂觀展望，將離別的基調提升到昂揚向上的高度之中。這一番勸慰不僅是針對離別愁緒，更多的是展望友人的未來人生，未來是否真的能夠沐浴聖澤無人可知，可是這樣的勸勉自然能夠重新點燃友人的希望。無論經歷過怎樣的風雨洗禮，唯有堅守熱愛生活的勇氣才能繼續昂揚地走下去。

從巫峽到衡陽，從青楓浦到白帝城，無論未來人生路途中的景色如何變換，詩人都以一句「聖代即今多雨露，暫時分手莫躊躇」漸漸消融著李、王二少府遠貶的愁怨和惜別的憂傷，試圖在那乾涸的心田上埋下希望的嫩芽。人生如四季，冬去春又來，漂泊在外的日子何嘗不是為了等待下一個春日契機的到來……

故人西辭黃鶴樓，煙花三月下揚州

——充滿詩意的離別

〈黃鶴樓送孟浩然之廣陵〉　李白

故人西辭黃鶴樓，
煙花三月下揚州。
孤帆遠影碧空盡，
唯見長江天際流。

如今湖北武漢市武昌蛇山的黃鵠磯上，傳說三國時期費禕於此登仙乘黃鶴而去的傳說依然為人們津津樂道。掩映在翠叢綠茵裡的黃鶴樓經歷了無數風雨洗禮，見證著流逝的歲月在它的身上劃出一道道歷史的痕跡，那飛簷、那樓宇，那淡青色的瓦和那一個個代代流傳的傳奇故事。

黃鶴樓，似乎成了文人們登高遠眺的常駐之地。黃鶴樓承載著崔顥筆下「晴川歷歷漢陽樹，芳草萋萋鸚鵡洲」的渺然愁緒，更目證著李白送別好友孟浩然時燦爛的春光即景。

想當初，唐玄宗開元十五年與孟浩然初識時，正是李白年輕快意的時候，未經世事滄桑磨礪的李白眼中始終保持著最淳樸的本真。放浪形骸於天地間，縱酒會友把詩歌踏遍，東遊歸來的李白在湖北安陸度過了最為怡然曠達的日子。也就是在他寓居安陸期間，李白邂逅了長他十二歲的著名詩人孟浩然，知己相遇分外惺惺相惜，兩人很快結為摯友。

開元十八年（七三〇年），陽春三月，好友孟浩然將要前往廣陵（今江蘇揚州）的消息傳入李白耳畔，李白便託人帶信，約孟浩然在江夏（今武漢市武昌區）相會，友誼甚篤的兩人把盞言歡，說不盡綿綿情意。幾天後，輕舟載著孟浩然漂漂蕩蕩即將東下，李白親自送到江邊，應當時之景悵慨然之情，洋洋灑灑揮筆寫就了這首名垂千古的〈黃鶴樓送孟浩然之廣陵〉。

黃鶴樓本身，是仙人凌雲飛空的精神象徵，寄寓著種種與此處相關、富於詩意的生活想像。黃鶴樓這個與友人相別的分離之所，承載著兩人曾經聚會流連的美好記憶，這些幸福的時光在即將分手的兩人看來，是內心最珍藏的回憶。

穿過煙霧，看繁花似錦。放眼望去，看不盡的大片陽春煙景無縫隙地鋪滿了整個大地。三月是煙花繁盛之時，而開元時代繁華的長江下游，又正是煙花聚集之地。友人孟浩然即將奔赴揚州的消息讓李白深感振奮，揚州正是自己日思夜念的理想之處，而今遠行的友人能夠先一步飽覽江南的大好風光，這讓詩人忍不住浮想聯翩，在腦海中勾勒出一派煙花三月的揚州春色。亦正是因為未經現實折翼的想像，才讓這一筆「煙花三月」顯得越發美好浪漫。

而轉眼間，現實的離別又將詩人從這美好的想像中拉扯了回來。載著孟浩然遠遊的小船已經揚起了風帆，融入大海深處。春日的晚霞染紅了半邊天空，頭頂上飄浮著曲曲折折的雲彩也隨著遠去的輕舟移動著，整艘小船的曲線都消融在淡玫瑰色似的光海裡，直到船身中央都濃成一段純白。在起伏得很有秩序的浪花裡，若隱若現的是小船的倒影，白色的風帆突兀地矗立在偌大的江面中顯得格外孤零，伴著這滾滾而逝的長江水，帆影在水中漸漸模糊，最終消逝在水天相接的盡頭。再凝眸，只留下浩浩蕩蕩的一江春水向東流。

絢爛的陽春三月美景，在李白筆下恍若精心渲染的水墨畫，幾筆勾勒的放舟長江、目送遠影之景，融化了李、孟二人的綿綿情誼。李白對朋友的一片深情、李白對江南美景的羨往，悄然體現在這富有詩意的神馳目往之中。澎湃起伏的心潮，恰如滾滾東逝的一江春水，帶著嚮往的別離之情，在這孤帆碧空之浩然磅礴裡充滿了無盡深思的意味。

如果說王勃的〈送杜少府之任蜀州〉展現的是那種少年剛腸的離別，如果說王維的〈渭城曲〉中展現的是那種深情體貼的離別，那麼李白的這首〈黃鶴樓送孟浩然之廣陵〉裡呈現的則是充滿詩意的離別。李白的詩意不僅是他豪邁灑脫人格的折射，更與這個繁華的時代、繁華的季節與繁華的地區緊密相連。盛世的光芒讓詩人充滿了昂揚的自信，濃濃春意陶冶著精神志趣，而弄舟江南之行又消解了離別遠遊的苦意，這一次的送別轉而成了兩位風流瀟灑詩人的愉快之旅。

胸中蕩漾著的無窮詩意為這送別時的春景賦予了強烈的抒情意味，一首〈黃鶴樓送孟浩然之廣陵〉猶如暢想曲一般延伸著無邊想像的邊界，寄託在碧空與江水之間的離別之情，跳脫了悲情傷感的樊籠，如這興致蓬勃的春色一般，讓生命變得活潑生動起來。

卷五——愁緒中・別有一般滋味在心頭

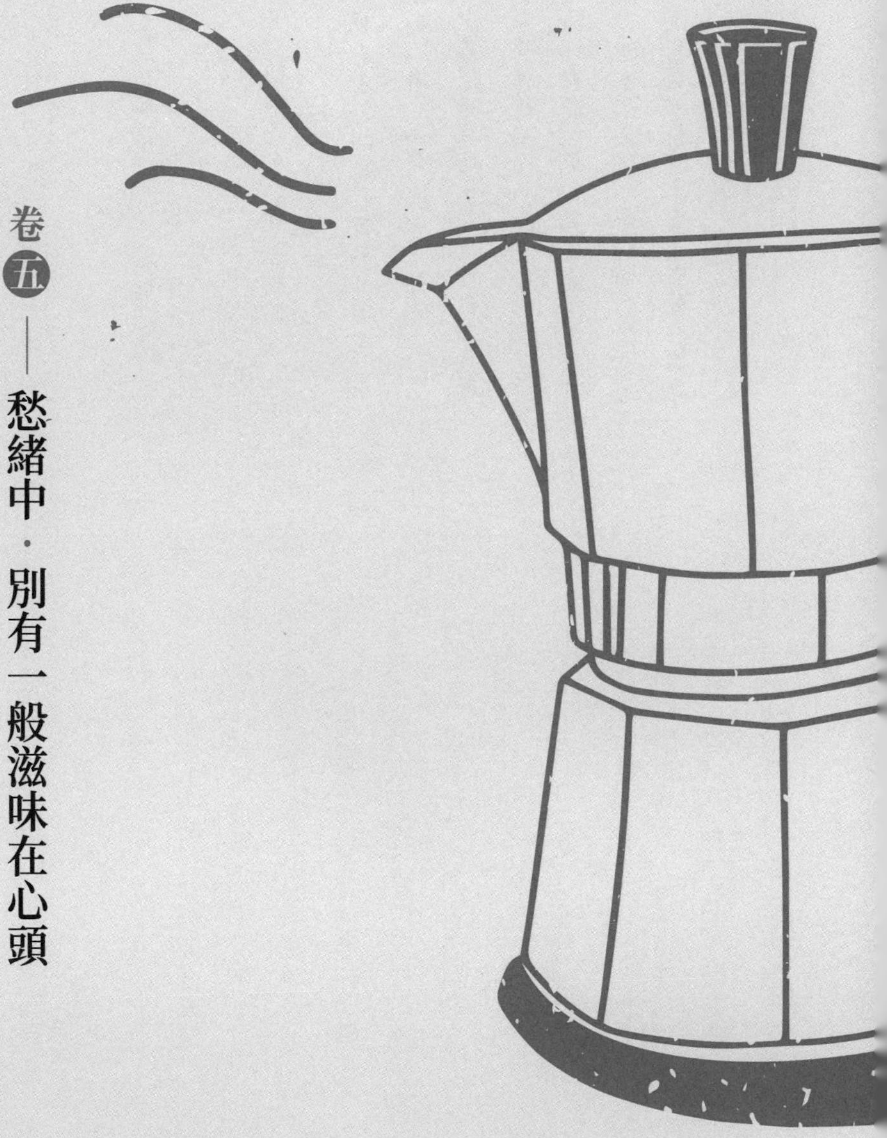

抽刀斷水水更流，舉杯消愁愁更愁

——鬱結之深，憂憤之烈，心緒之亂

〈宣州謝朓樓餞別校書叔雲〉　李白

棄我去者，昨日之日不可留；
亂我心者，今日之日多煩憂。
長風萬里送秋雁，對此可以酣高樓。
蓬萊文章建安骨，中間小謝又清發。
俱懷逸興壯思飛，欲上青天攬明月。
抽刀斷水水更流，舉杯消愁愁更愁。
人生在世不稱意，明朝散髮弄扁舟。

在宣州謝朓樓上，瑟瑟秋風中杯盞更迭，唐朝偉大詩人李白正要送別好友、族叔李雲。歲月無情地染白了縷縷青絲，失意的生活積怨了李白滿腹的牢騷，藉著為好友餞行之際，和著這城樓上的萬里青天，酒助詩興，李白忍不住揮筆潑墨，抒懷慨嘆。這普普通通的牢騷之語在大詩人的筆下縱遊穿梭於萬世之中，別具一格的詩意讓言語之中附著了人生的哲思，在千百年的歲月流逝中，引發了無數讀詩人的共鳴。

李白詩歌中充溢的浪漫主義情懷是基於以自我為中心的主體的主

觀情感宣洩，無論是天與地，他者與歲月，在俊逸豪放的李白詩歌中早已讓步於「我」的存在。試想洋洋唐詩上千首，能夠像李白那樣站在宏觀而廣博的視角審視時間與自我主體關係的，實在是少數。

一句「棄我去者，昨日之日不可留。亂我心者，今日之日多煩憂」寫下了詩人為時光添上的第一筆註腳。失去了的昨日猶如東逝之水再難回頭，昨日棄我而去然後又把我推向下一個時空，讓接踵而至的今日變成另一個昨日。如此的循環往復，眼見著光陰如梭，轉瞬即逝。每一日處在日月不居、時光難駐的惶恐之中，心意煩亂，憂憤鬱悒。時間催人老，更無情的是這日益飛逝的時間蘊含了「功業莫從就，歲光屢奔迫」的精神苦悶，這才是真正觸動詩人鬱結之深、憂憤之烈與心緒之亂的根源。

正當這憂鬱憤懣的情緒在一點點瀰漫開來，隨著緩緩展開的一幅壯闊明朗的萬里秋空圖將筆鋒一扭轉，從極端苦悶逆轉到了爽朗開闊的境界。潔淨如洗的天空上被均勻地塗抹了蔚藍，萬里長空中呼嘯的秋風送來了南徙的歸雁。面對眼前的壯美景色，不覺精神颯爽，之前的煩憂為之一掃而空，一種心境契合的舒暢直湧入心田，「酣飲高樓」的豪情逸興也就油然而生。

眼前之景觸發了綿綿沉思，身處這巍巍謝朓樓上，忽想起歷史上建安風骨的剛健遒勁，念古及今，友人李雲的散文下筆渾厚有力，堪可比蓬萊文章。而向來信心十足的李白，也將自己的詩歌泰然比之謝朓的清新秀發之作，字裡行間又洋溢著對自己才能的自信。

然而當時正處於安史之亂的前夕，懷揣著遠大政治理想來到長安的李白想要一展雄才，然而歷經僅僅兩年翰林院任職之後，仕宦紛爭而起的讒言逼他被迫離開朝廷，曾經的浪漫主義想像在現實生活面前被擊得粉碎，憤而開始了漫遊生活。客居宣州邂逅友人李雲之事重新點燃了李白胸膛中的夢想。挽攜著同樣為官剛直清正和不畏權貴的李雲，詩人忍不住興致勃然，悵然感慨道「俱懷逸興壯思飛，欲上青天攬明月」。

彼此都懷有豪情逸興，趁著酒酣興發，更是飄然欲飛，甚至想要騰雲駕霧，登上青天攬取明月。登天攬月，固然是一時興之所語，未必有所寓托，然而這飛動健舉的形象卻讓讀者分明感覺到詩人對高潔理想境界的嚮往追求。筆酣墨飽，一揮而就，「長風萬里送秋雁」所激起的昂揚情緒推向了最高潮，在這激情澎湃的豪言裡，彷彿現實中的一切黑暗污濁都已一掃而光，心頭的一切煩憂都已拋到了九霄雲外。

當詩人的精神在幻想中進行馳騁遨遊的時候，身體卻被迫束縛在污濁的現實之中。「長風萬里送秋雁」這般自由神奇的境地畢竟是虛無縹緲的想像，從幻想回到現實之中，理想與現實之間不可調和的矛盾更加重了內心的煩憂苦悶，墜落到殘酷的現實中，又是「舉杯消愁愁更愁，抽刀斷水水更流」裡一落千丈的轉折。舉杯暢飲本為消弭愁苦之痛，而實際上卻越發加重了愁緒；不盡的流水與無窮的憂愁之間，形成了某種意義的對照，很自然地，排遣煩憂的強烈願望中引發了詩人「抽刀斷水」的聯想。

在現實的困境下，力圖擺脫精神苦悶的結果所換來的，不過是像沉溺於沼澤一般淪陷於更深沉的愁苦，這不可調和的矛盾讓李白忍不住發出「明朝散髮弄扁舟」的呼號。這樣出自於內心的真情流露，讓人忍不住被詩人的率直灑脫而感染，積鬱已久的強烈精神苦悶終於找到了疏導的通瀉口，終因在理想與現實的尖銳矛盾中產生急遽變化而抓住了最後一點希望的尾巴。

謝朓樓上友人相見，一首〈宣州謝朓樓餞別校書叔雲〉抒發著內心的激憤與感慨。李白在懷才不遇的滿腹牢騷裡注入了慷慨豪邁的情懷，詩歌中的哲思品悟早已超脫了詩人個體仕途的沉浮，而是上升到人類普遍價值意義的生命體驗中。瞬息萬變、波瀾迭起的情感波浪和騰挪跌宕、靈活多變的藝術結構將豪放與自然的品格完美地結合起來，這首詩在一代代人的賞析品讀中，煥發出越來越生動的藝術魅力。

晴川歷歷漢陽樹，芳草萋萋鸚鵡洲

——渺茫不可見的境界

〈登黃鶴樓〉　崔顥

昔人已乘黃鶴去，此地空餘黃鶴樓。
黃鶴一去不復返，白雲千載空悠悠。
晴川歷歷漢陽樹，芳草萋萋鸚鵡洲。
日暮鄉關何處是？煙波江上使人愁。

長江岸畔的亭台樓閣之中，有一座聞名千古的樓宇，無數文人騷客登樓遠眺，茫茫江景皆映入眼簾。在黃鶴樓上的各層大小屋頂交錯重疊，翹首飛舉，彷彿是展翅欲飛的鶴翼。若是響起悠揚笛聲，這樓層內外所繪的仙鶴似乎便羽化為真身蹁躚起舞。

坐落於長江南岸蛇山峰嶺上的黃鶴樓始創建於三國時代，而唐朝時崔顥的那句「昔人已乘黃鶴去，此地空餘黃鶴樓」，讓人們真正地記住了黃鶴樓上的鼎勝風光。

千餘年的風雨洗禮讓這座古樸的城樓凝聚著深沉的歷史文化底

蘊。如今極目望去，但見遠處高樓林立，車水馬龍；千百年前的風華則永遠地鑲刻在崔顥的那首〈黃鶴樓〉中。

巍巍而立的黃鶴樓，依然保留著古代一位名叫子安的仙人曾經羽化成仙駕鶴經過黃鶴山的傳說，駕鶴離去的仙人隨著這遠去的故事漸漸消逝在飛速旋轉的時間年輪中，如今只剩下一座空蕩蕩的黃鶴樓。黃鶴這一番飛天之後就再也不見蹤影，千百年來只有頭頂的白雲悠悠飄過。

縱目凝望遠方江天相接的自然畫面，遼闊天空中的朵朵白雲越發顯出景色宏麗闊大。詩人的心境隨著景色的鋪展漸漸打開，胸中的情思也隨之插上縱橫馳騁的翅膀，黃鶴樓久遠的歷史和美麗的傳說一幕幕在眼前收放，然而如今一切終歸是物是人非，鶴去樓空。

在空間的廣袤與時間的無限性裡，寓托著崔顥時不待人的吁嗟嘆喟，一種歲月難再、世事蒼茫的幻滅感油然而生，隨之激發起詩人內心的綿綿鄉愁。

將思緒從渺遠的回憶中收回到眼前，撥開層層迷霧，目及之景觸動詩人內心底層最柔軟的心弦。萬里晴空下廣袤的漢陽平原上矗立著的高木清晰可見，鸚鵡洲中長勢茂盛的芳草在漫山遍野上鋪遍。這樣空明悠遠的境界讓詩人忍不住聯想起身世經歷，此情此景交融在一起，一步一步走進詩人的內心世界。

夕陽緩緩回歸，半天天空都鋪滿了絳紅色，越來越濃重。黃昏時的陰鬱之氣越來越濃，倦飛的鳥兒要歸巢，遠行的船隻也要歸航，晝與夜的交接時分格外能引發人內心的孤獨。同樣漂泊在外的遊子又何嘗不想回歸故鄉的懷抱，然而遨遊天下的遊子的故鄉又要去哪裡尋呢？

江上的霧靄一片迷濛，連詩人的眼底也生出了灰濛濛的霧氣，隱隱的淚花在眼角閃耀，問鄉鄉不語，思鄉不見鄉，心繫天下蒼生的廣義鄉愁揉碎了心中的浮萍。

枕山臨江、崢嶸縹緲之形勢高聳入雲際、白雲繚繞之壯景呈現出遠近日夜交互錯雜的奇妙變化，在濃郁詩情之中充滿了畫意，饒富於繪畫美。首尾緊咬的「黃鶴」一詞多次出現，如驪龍之珠，抱而不脫。不拘常規的格律變幻，反倒成就了這首詩歌別具特色的審美趣味，「唐人七律第一」的美譽名副其實。

崔顥的這首〈黃鶴樓〉不僅讓長江岸邊這座寄寓著久遠傳說的樓宇聞名遐邇，更讓崔顥從此一鳴驚人，在唐代詩歌史上留下了濃墨重彩的一筆，甚至讓自稱為楚狂人的詩仙李白也對此詩盛讚：「眼前有景道不得，崔顥題詩在上頭。」以至後來李白仿照〈黃鶴樓〉而創下〈登金陵鳳凰台〉一詩，其格調也難以超越崔顥詩的輝煌。

遍歷山川湖海，昇華的精神境界讓詩人視野洞開，登臨在一個更高的角度去審視名樓勝地，晴川沙洲，從膾炙人口的朗朗詩句裡，散發著意味悠長的高妙美學意蘊。

海日生殘夜，江春入舊年

——詩苑奇葩，艷麗千秋

〈次北固山下〉　王灣

客路青山外，行舟綠水前。
潮平兩岸闊，風正一帆懸。
海日生殘夜，江春入舊年。
鄉書何處達？歸雁洛陽邊。

被寒氣積壓了整個冬天的生機猶如脫韁野馬一樣在這個春天勃然綻放，處於正在旅途中行走的人們被這新生的春意勾起了綿綿愁緒，這多年的漂泊生涯，就這樣在迎接著春天的到來又送別春天的腳步中周而復始。

王灣的這首〈次北固山下〉，最早顯現於唐朝芮挺章編選的《國秀集》一書。對於羈旅在外的詩人來說，這一年冬末春初的吳楚之遊具備了特別的意義。南方之景雖常被冠以溫文爾雅之閒風，可是論及南方的不同地域——巴蜀、瀟湘、閩南還有吳楚，又是各具一方獨特景色。

當順長江東遊的小舟漂漂蕩蕩，在江蘇鎮江的北固山下停駐了腳步，又一年冬去春來，王灣已經在外漂泊了數個年頭。旭日東昇，面對江南早春之景，置身水路孤舟，感受時光輾轉流逝，油然而生的別緒鄉思與眼前之景渾然構成一體。那句千古名句「海日生殘夜，江春入舊年」，不愧得到了當時丞相張說的盛讚，經過張丞相親自書寫懸掛在宰相政事堂上，讓眾多文人學士作為學習的典範。

此時王灣的小船正停泊在北固山下，詩人乘舟，正朝著展現在眼前而被叢林映綠了的江水前進，駛向「青山」，駛向「青山」之外遙遠的「客路」，即將開啟的行程正在這蔥蔥鬱鬱的青山之外開展。縱眼漫漫前路，春日水漲，江水浩渺，滿滿的浪潮輕輕親吻著河堤，船上之人的視野也被打開，河的兩岸開闊無垠，已然消融在這青山綠水之中了。

春風正盛，行駛而過的船隻順著和風，在廣闊浩瀚的水面上踏浪，飽滿的風帆端端正正地高掛著，張揚著無比的自信。在「風正一帆懸」的小景背後，以平野開闊、大江直流的壯闊場面作為映襯，不愧有王夫之所讚的「以小景傳大景之神」（《姜齋詩話》）。

潮平而無浪，風順而不疾，近攬江水碧綠，遠望兩岸開闊。在這樣一個處處透露著春天氣息的夜晚孤帆遠揚，緩行江上，不知不覺時間已近殘夜。在晝與夜的交替時分，遠望著從海上緩緩升起的紅日一點點吞噬夜晚的黑暗；而如今舊年尚未逝去，江上景物已驅走嚴冬，顯露春意。孕育在嚴寒之中的希望像嫩芽一般悄然萌發，所有的苦難終將逝去，最後的光明將占據一切。

從尋常吳楚景色裡，王灣看到了潛藏在景色變幻中具有普遍意義的人生真理，給人以樂觀、積極、向上的藝術鼓舞力量。詩人將情感內容完全容納在特定時空生動可感的自然景象之中，因而詩的情感基調不僅全無哀傷淒婉，反而表現出時序交替、晝夜轉接之際對獨特的江南景象與蓬勃自然生機的發現的喜悅，不失為一種渾厚高朗的審美境界。

海日東昇，春意萌動，小舟依然在平靜的江面上划出優美的弧線，朝著青山之外的客居之路駛去。流浪旅程中的思鄉之情何以傳達，或許仿傚那「雁足傳書」的典故，在北歸的大雁們經過洛陽的時候，將遠行遊子的思念與問候帶給家鄉人吧。淡淡籠罩全篇的鄉思之情柔而不烈，冬春交替的喜悅又讓人歡欣鼓舞，殘夜歸雁引發的懷鄉情絲裡透露著富含深意的生命哲理體悟。

於平凡處見真情，於常理中喚真知。同樣之景，在不同的詩人手中又呈現出迥然不同的意境。王灣的這首〈次北固山下〉便是在尋常的景色裡挖掘出不一樣的體悟，簡單的字句組合出別出心裁的意境，詩句間洋溢著的美感，正如春日的江水般無邊無際——「詩苑奇葩，艷麗千秋」之盛讚名副其實。

兩處春光同日盡，居人思客客思家

——思念是一種很玄的東西

〈望驛台〉　白居易

靖安宅裡當窗柳，
望驛台前撲地花。
兩處春光同日盡，
居人思客客思家。

元和四年（八〇九年）三月，一紙調令改變了元稹一生的仕途。元稹接到以監察御史的身分出使東川按獄的詔令後，不得不告別閨中嬌妻，遠赴他鄉。與妻子韋叢感情甚好，卻從此不得不忍受兩地相思之苦，元稹在〈使東川〉一詩中慨然嘆道：「可憐三月三旬足，悵望江邊望驛台。料得孟光今日語，不曾春盡不歸來！」

三月的最後一日，元稹料想住在長安靖安里的妻子以春盡為期，等待與他重聚，而身負使命出遊在外的元稹只能讓妻子在空等中一點一滴地失望，每憶及此情此景，內心的悵惘之情都深深瀰漫開來。

身為元稹好友的白居易將這一切都目睹之心間，元稹對妻子的一片深情，如今卻被天涯相隔，相愛的兩人只能透過想像的方式互訴思念，應和著元稹之詩，白居易寫下了〈酬和元九東川路詩十二首〉的和詩，並題詞說：「十二篇皆因新境追憶舊事，不能一一曲敘，但隨而和之，惟予與元知之耳。」〈望驛台〉便是其中一首。

初識白居易，最有名的還是那首〈長恨歌〉，楊玉環與李隆基之間蕩氣迴腸的愛情終在筆下以一曲「在天願作比翼鳥，在地願為連理枝」的讚歌做結，無數讀詩之人均為之動容。繼之後來，〈琵琶行〉中江州司馬一句「同是天涯淪落人，相逢何必曾相識」的慨嘆不禁惹得世人淚婆娑；向來以真情動人的白居易，在酬和好友的這首〈望驛台〉裡更是讓人耳目一新，獨特的旁觀者視角切入居人與遊子的內心世界，將兩人互念的綿綿情意展現得淋漓盡致。

遙想在長安靖安里的宅子裡，洞開的窗牖裡總是鑲嵌著一個嬌弱女子的倩影，此時元稹的夫人韋叢正枯坐床頭，對窗懷人，思念著遠方的丈夫。窗外柳條淒淒，垂展而下，細密的柳條斜織成承載著濃濃鄉愁的簾幕。

按照唐人風俗，愛折柳以贈行人，因柳色而思遊子。柔長不斷的柳絲延伸成韋叢心中延綿不絕的念夫之情，憑窗守著碧柳、凝眸遠眺的情景讓人禁不住聯想，或許此時遠在異鄉的元稹同樣也在思念著家中的妻子。

鏡頭挪移，場景轉換，剛剛抵達望驛台的元稹望著春意闌珊、落紅滿地的凋零之景也定然心緒不寧吧。春盡江南，見落花猶見家中如花之人，想像著妻子因為自己未歸而失望的神情越發觸動元稹敏感的心弦，兩相互念，異地同心，詩人用一筆「兩處春光同日盡」淺淺帶過，字清意濁，兩地同樣消逝的春光裡含混著兩人預期歡聚的落空，「春盡」之中那些美好的期許與希望也隨之湮沒了。

預定的歸期沒能如期實現，「居人思客客思家」的念想便愈加濃烈。思念並不隨著春盡而消失，兩人的款款深情在歲月的打磨下更加感人心魄。一種相思，兩處閒愁，情感的暗線穿插著兩地的春光，把千里之外的兩顆心緊緊聯繫在一起。

思念是一種很玄的東西。往往時空的阻隔讓這思念之情更加深切，身在異地的有情人被一條隱形的線緊緊地串連在一起。

靖安宅裡的閨中少婦，望向驛台前的有意郎君，春光的凋零讓兩人回憶起曾經相處的美好時光，緬懷著那些錯失相聚的良機，只是在共同見證最後一點春光消融的時候，才恍然從對彼此的思念中驚醒過來，感受到時間的無情流逝。

身為旁觀者的白居易親眼見證著好友元稹與妻子的綿綿情意，他的旁觀視角插入了獨特的審美體驗，縱然詩人未能參與這場相思的苦戀，可是恣意縱橫的想像與鋪陳給兩人之間的濃情蜜意依附了更為深遠廣泛的意義，在白居易的手裡，精短簡潔的相思之語讓人心生暖暖的人性關懷。

垂死病中驚坐起，暗風吹雨入寒窗

——再遠，也是牽掛

〈聞樂天授江州司馬〉　元稹

殘燈無焰影幢幢，
此夕聞君謫九江。
垂死病中驚坐起，
暗風吹雨入寒窗。

元和五年（八一〇年），剛直不阿的元稹將一紙訴狀呈遞到皇帝面前，裡面密密麻麻地寫滿了對當時不法官吏的控訴，這一舉動必然觸動了一大批當權之士的苟且之利，此時一場風暴正在元稹身邊悄悄醞釀，幾天之後，等待著元稹的，則是被貶為江陵士曹參軍的噩耗，而後仕途輾轉，又改授通州司馬之職。

離別之日，好友白居易淚沾青衫。忠貞為國效力的元稹被迫淪為這場權力博弈的犧牲品，懷著悔恨與不捨即將遠離京畿，從此好友分離難再相聚。正當白居易還沉浸在為好友元稹的遭遇憤懣不平的時候，誰能料到，又一場不公的命運垂憐到白居易的頭頂上。

五年之後，宰相武元衡的死亡引發了朝野廳堂的震盪，白居易直言上書，請求逮捕刺殺宰相武元衡的凶手，結果不自覺深陷權力紛爭的漩渦，得罪了權貴。在當權者的操縱之下，白居易亦被貶為江州司馬。遠在通州的元稹聽聞好友被貶的不幸消息後不禁陡然一驚，憤而揮就這首〈聞樂天授江州司馬〉，言語之間滿是同是天涯淪落人的悲慨。

當好友白居易因進言被貶的消息傳入元稹的耳畔，正是元稹孤獨一人在通州苟且生活之際。夜深如海，沉澱在這個霧濛濛的冬夜。夜色無縫隙地籠罩著這座簡陋的居所，屋中的殘燈燃盡最後的一絲生命，周圍留下了模糊不清的濁影。

燈影在陣陣微風中閃耀跳躍，倒映得屋子裡忽明忽暗。孤燈旁邊臥榻著正在重病中的詩人元稹，忽然聽到好友貶官九江的消息，震驚之餘掙扎著坐了起來，遙望窗外，掩映在暗夜中的殘風冷雨一聲緊似一聲地敲打著窗簷，聯想到此時自己的處境，刻骨銘心的寒意沁入骨髓……

原本自己遭遇被貶謫到通州，已經是萬念俱灰，心寒神脆。心境不佳又身患重病，這雪上加霜的日子已然充滿了寒意；如今連摯友白居易都蒙受冤屈即將被貶至他所，內心萬般震驚與怨苦難以訴說，滿腹愁思一齊湧上了心頭。

以我心寫我景，則我景皆著我情。風月無意人有情，這尋常的冬日夜景在作者筆下竟委以「殘燈」、「暗夜」、「寒窗」來雕飾。那失了心焰的燈光被稱為「殘燈」，燈影搖曳恍惚之間盡是「幢幢」之感；那沉冷急遽的風而今卻成了「暗風」，以至於穿窗而入也使窗戶有了寒意。這感受的轉移，情愫的照射，心靈的滲透，連風、雨、燈、窗都變得又「殘」又「暗」又「寒」了。最是哀景皆哀情，情與景的交融匯合，妙合無垠，匯成了詩歌中閃耀著人性光輝的暖流。

一層層的景物描寫，一層層的情感鋪墊，這情感的旋律在「垂死病中驚坐起」裡達到了最高潮。驚悸之狀活靈活現地隱化在「驚坐起」這意味悠長的三字之中，作者當時聽聞消息時陡然一驚的神態躍然眼前。正是元積自己身處被貶的境遇之中，才能深深體會這樣的人生轉折對於白居易來說意味著什麼。情感的浪潮雖然在不斷醞釀，可是緊隨其後的一句「暗風吹雨入寒窗」又將原本澎湃的激情悄然消解在一片景色之中。至於驚悸的具體內容，全都雜糅在景語裡，蘊含在漫無邊際的想像之中了。

因好友被貶陡然一驚的片刻，無疑是包容著無數情感流動的時刻，千言萬語湧上心頭卻無以訴說，複雜的情緒滾滾翻湧，積鬱著巨大的闡釋能量。當整首詩都在為「驚坐起」之態鋪墊的時候，這「驚」的片刻驟然一現，而又對「驚」的內蘊不予點破，這就使全詩韻味雋永，情深意濃，耐人咀嚼。

讀罷全詩，似乎從旋律中深切地感受到，當噴湧而起的浪花隨勢捲到了制高點，又隨著潮波湧動，將身體匍匐在漫無邊際的海面上……詩歌的旋律與情感的旋律緊緊地結合在一起。

同是天涯淪落之人，一首〈聞樂天授江州司馬〉道不盡元白二人的綿綿深情。在這個寒冷的冬夜，一份牽掛友人的熱忱之心像一束溫柔的火苗悄悄綻放在星空中。

卷六

愛正濃・願作鴛鴦不羨仙

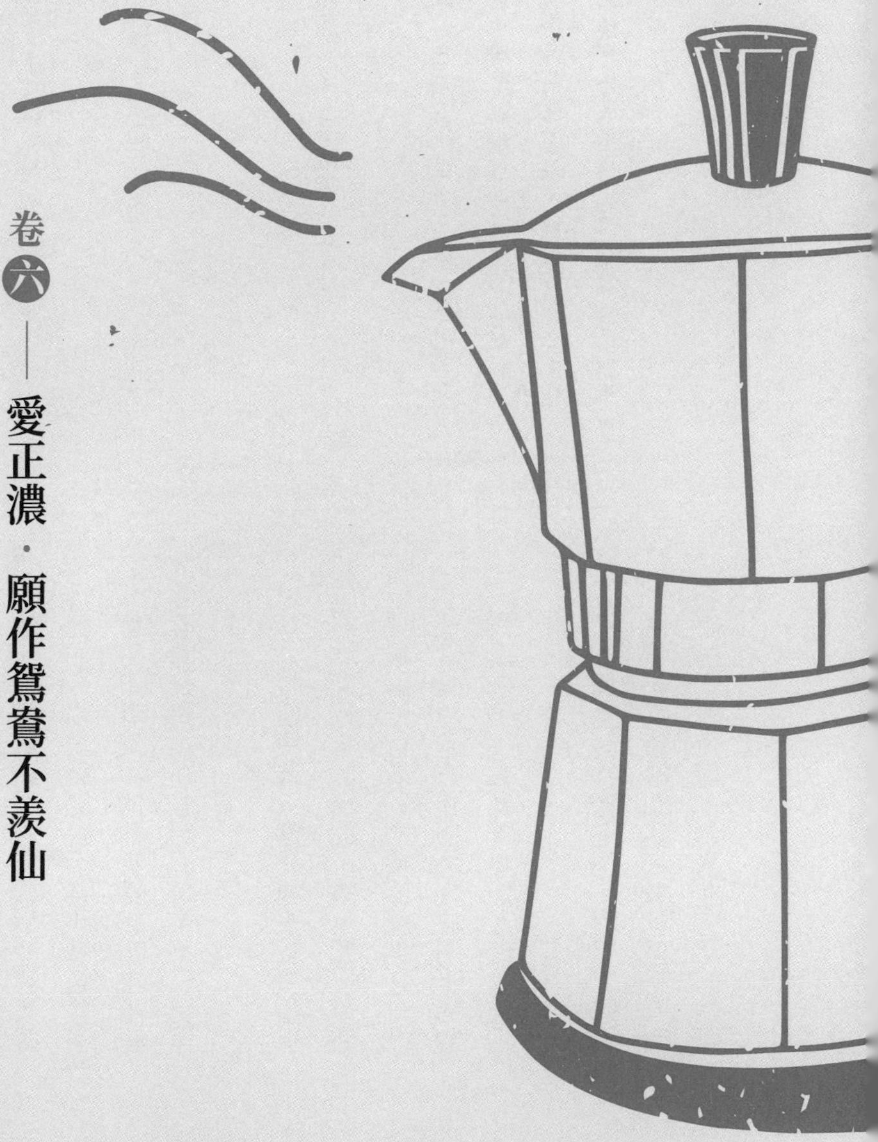

此情可待成追憶，只是當時已惘然

——向來情深，奈何緣淺

〈錦瑟〉　李商隱

錦瑟無端五十弦，一弦一柱思華年。
莊生曉夢迷蝴蝶，望帝春心托杜鵑。
滄海月明珠有淚，藍田日暖玉生煙。
此情可待成追憶，只是當時已惘然。

世事滄桑許久，物是人非事事休。曾經凝結在記憶裡的悲歡離合如今都銷聲匿跡，當年歷經的一切，不覺其中的曲折精彩，漫不經心的一瞥，那些記憶之景早已化作惘然。

時過境遷，當夢裡重新喚起那些或悲或喜的瞬間，當沉澱一段時間後以一個新的角度審視過往，才恍然覺悟，在那些曾經波瀾不驚的表面之下，蘊藏著無邊而深邃的世界。

此情可待成追憶，只是當時已惘然。遙遙地想望，似乎望見李商隱枯坐在窗前，思緒在時間的長河中穿梭，從歷史到未來，那些久遠的記憶泛著詩意的泡沫汩汩而流……虛無縹緲又最難把握的情愫在李商隱心裡，化作一個個現實的場景，承載著一個個典故事蹟，順著一首〈錦瑟〉層巒疊嶂般地鋪陳開來。

妻子王氏手中的錦瑟雕刻著美麗的花紋，瑟聲悠悠響起，每一根弦上都能彈撥出深沉的情誼。美好的時光轉瞬即逝，寄寓在這瑟聲中的悵惘讓人深深陶醉，思慕著過往的青春，思慕著那些再也回不來的歲月，每每憶起錦瑟，往事歷歷在目，心緒難平。

在泛黃的史書中記載著莊周的清晨之夢，一隻蝴蝶在夢裡翩然起舞，與這築夢人融為一體，不知周之夢為蝴蝶歟？蝴蝶之夢為周歟？面對群雄逐鹿、劇烈變化的戰國社會，莊周之慨產生了人生虛幻無常的哲理思想，而有感於晚唐國事衰微、政局動亂的李商隱亦如虛無縹緲的浮萍般在茫茫棄世中遊蕩。在李商隱的黯然曉夢中，洋溢著他對愛情、對生命消逝的傷感。一種有限生命催動下的時間緊迫感讓商隱之夢蒙上了一層灰白。

那位蜀地的舊主杜宇，禪位隱退而不幸國亡身死，相傳死後的靈魂化作飛鳥，每至暮春時節，啼聲哀怨淒悲，動人心腑，及至口中流血不能停止，後來由此得名，此鳥被封為杜鵑。如今聽聞錦瑟繁弦中的哀音怨曲，腦海中又閃現著莊生曉夢，引起了詩人無限的悲感，難言的冤憤如聞杜鵑之淒音。想當初，杜宇之托春心於杜鵑，而如今佳人之托春心於錦瑟。

截然不同的故事被相似的情感串聯在一起，詩人的妙筆奇情，於此已然達到了一個高潮。

當此之際，玉谿（李商隱之號）就寫出了「滄海月明珠有淚」這一名句來。珠生於蚌，蚌在於海，每當月夜空明，蚌就會向著月亮張開笑顏，蚌內的珍珠在月光的滋潤下逐漸顯露出晶瑩的光芒，那亮光如同月色揮灑的斑斑淚痕。月亮原本是天上明珠，而珍珠如同水中明月，皎月落於滄海之間，明珠浴於淚波之界，這月光與珠色與淚眼，似乎幻化作統一整體，一筆下去，已然形成了一個難以分辨的妙境。瑟宜月夜，清怨尤深。

藍田之色，曾經在詩人戴叔倫的筆下讚歎道：「詩家美景，如藍田日暖，良玉生煙，可望而不可置於眉睫之前也。」李商隱的「藍田日暖玉生煙」之說便是從此處轉化運用而來。日光溫煦，滋養著藍田玉中的裊裊精氣，隱約之中，彷彿看見冉冉升騰煙霧縹緲似的，給人以仙逸高冷之感，令人無法親近。滄海月光與藍田玉色相對，亦將其中的共同之處契合在一起，給人以異常美好的審美感受。

佳人錦瑟，一曲繁弦，驚醒了詩人的夢景，不復成寐。整首〈錦瑟〉詩人善用了豐富的學識，引用了大量的典故與傳說，生動貼切豐富多樣，卻未曾讓人有深陷掉書袋的艱澀之感。莊生夢蝶，是徘徊於現實與夢境的迷惘恍惚；望帝春心，包含著不捨本心苦苦追尋的勇氣；而滄海鮫淚，則是無比宏闊的寂寥與漫無邊際的孤獨；藍田日暖，傳達著溫暖而朦朧的淡淡情愫。

各式各樣的情感經過歲月的洗滌與沉澱雖大多已然模糊，可是相信許久之後再來品味，華年的美好與生命的感觸皆融解於其中，卻僅剩下只能意會不可言傳的神祕空靈意境。

在天願作比翼鳥，在地願為連理枝

——永生相隨

〈長恨歌〉 白居易

……

在天願作比翼鳥，
在地願為連理枝。
天長地久有時盡，
此恨綿綿無絕期。

一曲琵琶彈道不盡霓裳羽衣歌裡的百轉纏綿，爐香裊裊裡那美麗女子的舞裙穿梭出一片光影流年。歷史的足跡正在漸行漸遠，可是關於愛情的傳說卻永遠在那首〈長恨歌〉中化作永恆的守候。

想曾經，歌舞昇平，妝紅酒濃。六宮粉黛雖有再絕世的美顏，終比不上楊家女兒的回眸一笑。柔暖的燭光裡掩映著楊玉環的嬌羞百態，今夜醉倒在帝王的柔波裡，一同化作天空中最美的星辰。

然而，他們不是普通的相愛男女，一國之主本該胸懷天下，卻獨獨沉溺於愛情的漩渦而無法自拔；一介妃子本該恪守本分安守後宮，卻藉著愛情的名義蹚入了政治的渾水。不僅楊玉環自己新承恩澤，就連姊妹弟兄皆列居高位。當愛情被附著了政治利益，天平的一端不斷地加入新的砝碼，瀕臨崩潰的臨界點正一點點地默然靠近。

安史之亂的一聲兵戈炮響，擊碎了潛隱在後宮中的男歡女樂。一石激起千層浪，國之不存，情之何安。一直沉溺於女色的皇帝終於嘗到了親手釀造的苦酒，慌張之下帶著心愛的女子倉皇逃入西南。伴隨著這個帝國一角的轟然崩塌，他們之間的愛情也面臨著嚴峻的考驗。在國之存亡與愛之離捨之間，這位肩負著國家使命的情郎必然要做出揪心的抉擇。

逃亡路上到處都是黃塵、棧道與高山，日色黯淡，旌旗無光，秋景淒涼。馬嵬坡上蕭風陣陣，暗藍色的天空低沉著臉，戰爭的血腥味兒已經瀰漫在暴躁的空氣中。陰風帶來了一浪又一浪六軍將士的呼號，處死楊家女的吶喊直戳唐玄宗的心田。兩難的抉擇擺在面前，曾經相愛的場景一點一點地浮現，無論是前進一步或是後退一分，都注定是悲慘的結局。

在國家與愛情面前，他終將棄置愛情。這綿綿的長恨在她的墳頭埋下了火種，順著泥土的縫隙纏繞進他的心裡，側畔美人的玉體已經冷卻，記憶中的片段還在一遍遍地放送著，川蜀的荒渺仍不及唐玄宗內心的淒涼，曾經的甜蜜溫暖與如今的黯然神傷赫然相照，幻化如夢，再難追思。

紅顏禍水，成了歷史變局時最愛援引的藉口。亦有多少薄命紅顏成了人們口誅筆伐的替罪之身，這一次，楊玉環付出了性命的代價。

回宮後的唐玄宗心思難再，亭台舞榭上雕龍的花飾仍在，池中荷花依然開得艷旺，一切舊景發新情。物是人非事事休，纏綿悱惻的相思之情如同蟲癭般固執地根植在晦暗的生活中。馬嵬坡那一日的場景像是記憶中的某個莫名的印記，吸引著唐玄宗在往後的日子裡反覆撫觸摩挲。

難以在現實中尋得溫暖的唐玄宗轉而將目光移向了想像，竟而想要通過求仙尋道的方式再與情人相見。忽而上天，忽而入地，在那海上虛無縹緲的仙山上，似乎終於找到了楊貴妃的影蹤。恍惚中似見一女子輕風拂袖，步履輕盈，猶如當年宮中的霓裳羽衣之景再現，梨花帶雨盡顯可愛之態，脈脈含情的回望裡不勝蓮的嬌羞。人間未了的情誼終於在這仙境裡實現，趁著這短暫的相聚，不禁立下了生死盟誓，無論是在天願化之比翼齊飛鶼鶼鳥，還是大地上永不分離連理枝，但要是能夠永守純愛的美麗，兩人願意生死相依。

天若有情天亦老，人間正道是滄桑。現實的不可得與想像的美好之間形成了鮮明的反差，這天長地久的海誓山盟更像是沙漠中虛無縹緲的海市蜃樓一般，相聚的日子總是短暫的，而對於那段苦戀的遺憾卻是長久地銘刻在內心，超越一切時間與空間的阻隔永不磨滅。

娓娓道來的情與恨在〈長恨歌〉中交織出一片豐富的景色。諷喻與同情，悔恨與遺憾，愛戀與責備，各種複雜的情感交織成詩歌內涵的多重張力。而貫穿始終的其實是一種神祕而鮮活的力量在左右著這些人的命運，將愛情與人生導向未名的方向。

歷史並不是抽象的，是在一環接著一環的鏈條上抉擇出不同的方向。若是當時沒有玉環與玄宗的相遇，若是當時沒有安祿山的安史之亂，若是當時帝王不必做出那個兩難的抉擇……「若是」太多，可是歷史的輪轉就是在這樣的巧合中滾滾而來，無從抗拒。現實不允許將「如果」推倒重來，唯有這首〈長恨歌〉閃耀在詩歌史上，成為永恆的明星。

身無彩鳳雙飛翼，心有靈犀一點通

——心心相印才最美

〈無題〉　李商隱

昨夜星辰昨夜風，畫樓西畔桂堂東。
身無彩鳳雙飛翼，心有靈犀一點通。
隔座送鉤春酒暖，分曹射覆蠟燈紅。
嗟余聽鼓應官去，走馬蘭台類轉蓬。

情深意濃，莫不盼朝朝暮暮的溫暖；時空永隔，難免讓人嘆息天長地久終化作泡影。若是「在天願作比翼鳥，在地願為連理枝」的箴言，是在為永恆的情感而翻湧想像的妄念中實現，而一句「身無彩鳳雙飛翼，心有靈犀一點通」則靈巧地為這空想添上現實的註腳，不求生死相依，但求心心相繫，在靈魂的深處尋得理性，抵達一種共鳴的契合。

一日春風沉醉的夜晚，低垂的夜幕張開無形的手掌撫摸大地，點點星光像是夜空中閃爍著的眼睛，在細細微風中欣欣然眨動著。樹葉間摩挲的聲響，滑出靜夜裡最美的旋律。在這風光旖旎的時刻，正有一場酒筵在畫樓西畔桂堂之東歡騰。晚風拂過精緻雕琢過的畫境，縷縷桂香灑入席間，歡聲笑語裡映著賓客們的微醺醉意，整個場景似乎都被蒙上了一層神祕的氣息。

詩人憶及曾與佳人參加的聚會，宴席上人們還沉浸在隔座送鉤、分組射覆的遊戲喜悅中，燈光正暖酒正濃，迷離醉眼裡閃轉著觥籌交錯的杯光掠影，一片其樂融融的景象。昨日的歡顏依稀駐留在眼前，今日的宴席或許還在繼續流轉，只是再也沒有了舊相識人的身影。熱鬧是他們的，與置身事外的人們早已沒有了干係。

思緒轉移，這一切的景象已然成為夢中過往，更鼓報曉之聲已經在催促前行的腳步，即將奔赴仕途的離人被無形的命運之線牽掣著身不由己，曾經相聚在春日裡的意中人早已如浮萍般散落在天涯。每每思念的海潮翻湧而來時，都嘆恨自己未生羽化生成彩鳳身上的雙翅，飛向意中人的身畔相見。不過，詩人並沒有沉浸在時空相隔的封閉世界裡暗自嘆惋，轉念超越於此，他已經深刻地領悟到柏拉圖式愛戀的真諦，相知已深，彼此的心意卻像靈異的犀牛角一樣，息息相通。

身體的擁抱是短暫的，但是心靈的相契是永恆的；「身無」與「心有」，內外心意相和，一悲一喜並相宜，矛盾而巧妙地統一在一體，痛苦中有甜蜜，寂寞中有期待，相思的苦澀與心心相印的欣慰別致地融合在一起，將那種深深相愛而又不能長相廝守的戀人複雜微妙心態刻畫得細緻入微、維妙維肖。

相傳此詩描摹的是李商隱青年時期，在玉陽山修習道術時邂逅的一段愛情。玉陽山西峰靈都道觀裡隨公主入道的女道士宋華陽聰慧美麗婀娜多姿，兩人很快雙雙墜入愛河，離別之際無限慨嘆。這段超出常規的愛戀，終因不為清規禮教所容許而無疾而終。至於這首蕩心動魄的〈無題〉背後究竟是否真的有這樣一段感情做鋪陳，後人已經無從知曉。只是無論怎樣，詩中的情感是真實流露的。

這份以個人自我感受為基石而昇華的人類共通情愫，因為開闊的境界和宏觀的視野而引領得一代代人竟相口耳相傳。以「無題」為題，便猶如泰山之巔登封台上的無字之碑，欲刻而未成，其中的各種內涵皆留予後人道也。

古典詩詞專家葉嘉瑩說，詩歌是顯意識的活動，詞則是隱意識的。李商隱的無題詩在有限的文字裡傳達著無限的意味，近乎詞的情境而具有一種抽象性的想像，在工整的外表格律下，抒發的是一種詞所擅長的隱約難言的顯意識表達。

愛情有千萬種，在李商隱的筆下卻是這般撲朔迷離又婉轉精緻。晚唐的風雨飄搖裡，李商隱用別樣的感覺詮釋了真正愛情的含義，愛情成了動盪局世中的一絲溫暖的蘊藉。

在玉谿先生的眾多佳作中，這首〈無題〉雖比不上那首家喻戶曉的〈錦瑟〉，但是一句「身無彩鳳雙飛翼，心有靈犀一點通」已是石破天驚，名垂千古。似喻愛情又超乎愛情，成為後世人心中難以磨滅的摯語箴言。

曾經滄海難為水，除卻巫山不是雲

——除卻你，別人都是將就

〈離思五首（其四）〉 元稹

曾經滄海難為水，
除卻巫山不是雲。
取次花叢懶回顧，
半緣修道半緣君。

時間會慢慢沉澱，過往在記憶漸漸低迷中模糊逝去，曾經經歷過的愛恨情仇都將隨著一江春水浩浩湯湯向西而去。生活還在繼續，追求的腳步也將永不止息，但是在前行的道路上，並不意味曾經的美好將化為烏有，而是牢牢地鐫刻在心底，成為心中難以忘卻的最美依戀。

貞元十八年（八〇二年）冬日，冒著凜冽的寒風，元稹再次參加吏部考試。帶著上次考試失利帶來的挫敗感，他暗自發誓，要在這次的科舉之試中嶄露頭角。次年春日，元稹被任命為祕書省校書郎，正是這一年，二十四歲的元稹與大他八歲的白居易同登書判拔萃科，併入祕書省校書郎，從此開始了他們窮極一生的元白之誼。而與此同時，元積收穫的不僅僅是他的友誼，更有一位重要的女子將要走進他的生命，成為他生命中一抹重要的亮色。

元積本來出身一般，門第並不高，及至此次入仕，不僅為他事業上創造了良好機遇，也為他的愛情打開了一扇窗，從此談婚論嫁有了更高的籌碼。才華橫溢而風華正茂的元積展露在越來越多仕宦階層的視野中，他的身影引起了太子少保韋夏卿的注目。論及門第，韋氏官宦所居之位遠遠高於元積，當時的元積不過是初出茅廬名不見經傳的青年，尚無功名可言，亦遠不及那些出身高貴手握重權的世家子；可是就是這樣純粹的元積，憑藉著一身才華博得了太子少保的賞識，韋夏卿相信暫時失利的元積不過是沒有遇到報君效國的機會，懷著對這位年輕人內在潛力的自信，甘心將自己最疼愛的小女兒許配與他。

那一年，韋叢正值青蔥年華，初與元積相識便不勝嬌羞。一彎柳眉穩妥地勾出笑靨，明澈的眸子裡承載著波瀾不驚的海洋。一眼愛憐的凝望，已然讓元積心神蕩漾。那一刻，渾身的血液都為一股愛情的力量翻湧。這一場景在多年後依然珍藏在元積的記憶深處，每每憶及此情此景，往昔的甜蜜美好猶如近在咫尺。

不可否認，門戶的懸殊常會讓人們不自覺地懷疑這場婚姻中參雜著政治成分，可是當元積與韋叢結合之後，開始展開了百般恩愛的琴瑟之好。韋叢之美不僅在於外表，更在於她的端莊賢慧、知書達禮。她本是出身富貴之家，卻從來不以富貴出身而倨傲不恭、愛慕虛榮，下嫁給元稹後未曾以此抱怨，反而盡心竭力地侍夫愛家，竭盡一位妻子的本分。韋叢嫁與元稹正是丈夫鬱鬱不得志之時，她總能以博然的心態寬慰左右，陪伴他度過了人生中清貧而快樂的時光。

七年前，她帶著滿懷的熱忱下嫁於元稹，多年來只是藉由為這個家庭無私付出的方式默默表達著如海洋般深遠的愛意，瞬息間她在身邊陪伴的日子悄然流逝，然而轉眼間七年之後，已是物是人非。

唐憲宗元和四年（八〇九年），拖著疲累的病身，年僅二十七歲的韋叢告別了摯愛的親人，與世長辭。此時三十一歲的元稹事業才稍稍好轉，新升任了監察御史的元稹正想像著幸福的生活將要拉開序幕，操勞多年的愛妻終於可以暫別勞苦，誰料想，傳來的卻是韋叢駕鶴西去的噩耗。

萬語千言赤子情，任何蒼白的言語都無從表達相愛之人被生死分割的痛苦。韋叢營葬之時，元稹因自己身縈監察御史無力分務東台的事務，竟無法親自前往奔喪，感切至深，便事先寫了一篇情詞痛切的祭文，託人在韋叢靈前代讀之以托相思哀痛之苦。

韋叢下葬那日，細雨濛濛，打濕了墳塋上的新草，那嫩綠的生命似乎是她青春的象徵。

望著周遭熟悉的一切都曾經經過愛妻之手悉心打點，元稹不禁情不能已，潸然淚下。綿綿深情化作筆下潺潺流淌的文字，承載著他深切的思念和無法釋懷的悲傷，這便是由愛妻逝世激發而出的〈遣悲懷三首〉。

衣裳已施行看盡，針線猶存未忍開。身上長衫密密的針腳似乎還殘存著韋叢撫握過的溫度，那些被縫過的針線甚至都不忍心再斷開。這般想像對於元稹來說，已經成了自我安慰與療傷的方式；曾經相處的無數個日日夜夜，儘管互相恩愛卻因為物質條件的貧瘠而無法讓心愛的人過得更加幸福，如今生活雖好轉，但身旁的相伴人卻已走遠……斯人已逝，空留下「誠知此恨人人有，貧賤夫妻百事哀」的嘆惋。

見識過滄海之水的波濤浪湧，再別處的浪濤也難以牽動心弦；陶醉過巫山如夢幻般的雲雨之境，再別處的風景難以被稱之為真正的雲雨。縱然後來元稹再娶再戀，卻也抵不過對韋叢的這份深情。誠如他所言，在花叢中任意而行，卻沒有了欣賞花朵的心思，一半是因為自己已經修道，一半是因為心中那個永久的位置是永遠留與遠逝的心上人。

東邊日出西邊雨，道是無晴卻有晴

——一景兩色，一石二鳥

〈竹枝詞二首（其一）〉　劉禹錫

楊柳青青江水平，
聞郎江上踏歌聲。
東邊日出西邊雨，
道是無晴卻有晴。

有人說愛情是一場你追我趕的感情遊戲，在這樣調皮的遊戲裡，每個人都扮演著奇妙的角色；而其實詩歌如愛情，也是一場有趣的文字遊戲，有人深情，有人簡單，有人濃麗，有人清新，而在劉禹錫的筆下，卻是充分發揮了語言之音與義的巧妙，朗朗幾筆描摹表現出男女情愛之間的心動與忸怩。

青青楊柳陌上依，無限春光裡的楊樹柳色新添了幾分昂揚向上的生機。放眼望去，江面平波如鏡，光影盈盈。春，是感情最豐富的季節，春風撩撥著河岸兩畔少男少女的情思。在這清麗的日子裡，少年郎嘹亮的歌聲伴著微醺的柔風吹入了情竇初開的年輕女子心田。那歌聲簡直如同施了魔法一般撥動了心弦。這朦朧的感覺像是空氣裡飄灑的花香，真真切切地感受著卻縹緲難尋。

她的心中裝著一隻怦怦亂撞的小鹿，期待著情郎來安撫她的跳動。隨之而來的兩句話看似與前者毫無干係，卻是巧妙地應和了少女心中的疑慮。「東邊日出西邊雨，道是無晴卻有晴。」一面是日出向晴，一面又是霪雨霏霏，說是無晴卻也有晴，說是有晴卻也無晴，這種朦朧的左右徬徨之感正是初戀愛情的真實寫照。此處的「晴」與「情」諧音之意，聰明的姑娘立馬就體會到了這隱語背後的「有情」、「無情」之意，而最終一句「有情」的駐足暗暗表現出表達者的重點在「有」而不在「無」，這種暗示不禁讓少女之心喜悅起來。

喻意春日變化多端的天氣來雙關愛情，切入得恰到好處。朦朧之愛好似這朦朧的語言，在言有義與言無盡之間徘徊著，獨具一種含蓄的優雅。對於表現女子那種含羞不露的內在情感，表露得十分貼切自然。

用諧音雙關來表達思想情感，自傳統歷代詩歌以來就是一種常用的表現手法。在這首〈竹枝詞〉中，又結合了白描寫法，以清新活潑、生動流暢的語言渲染了濃厚的民歌氣息。讀之朗朗上口，意淺情深，難得成為流傳至今的佳作。

「竹枝詞」原是一種詩體，是由古代巴蜀間的民歌演變過來，在唐代劉禹錫的筆下運用得出神入化。從下里巴人到陽春白雪，〈竹枝詞〉在漫長的歷史發展過程中，與文人詩歌不斷地融合借鑑，滲透了更多社會歷史變遷和詩人自己的思想情調。

「竹枝詞」的發現，正是在劉禹錫被貶落魄之時，偏遠之地的異域文化反而給予他詩歌創作的另類啟發，也正是在此時，劉禹錫開始對極具地域特色的「竹枝詞」產生了濃厚的興趣，並致力於研究推廣。沒承想，南方民歌的盛行反而成就了他別樣的詩歌風格，縱遊在收集民歌的快樂之中，獨創新意的〈楊柳枝詞〉與〈竹枝詞〉也化作了唐朝詩歌史上的一抹特殊景色。

這句「東邊日出西邊雨，道是無晴卻有晴」，一石二鳥折射出兩種不同的景象。語言之巧智與情感的表達相映成輝，在劉禹錫的筆下，成為難以複製的經典之作。

春心莫共花爭發，一寸相思一寸灰

——低成一朵花，開在塵埃裡

〈無題二首（其二）〉　李商隱

颯颯東風細雨來，芙蓉塘外有輕雷。
金蟾嚙鎖燒香入，玉虎牽絲汲井回。
賈氏窺簾韓掾少，宓妃留枕魏王才。
春心莫共花爭發，一寸相思一寸灰。

滴不盡相思血淚拋紅豆，開不完春柳春花滿畫樓，睡不穩紗窗風雨黃昏後，忘不了新愁與舊愁，嚥不下玉粒金波噎滿喉，瞧不盡鏡裡花容瘦，展不開的眉頭挨不明的更漏，啊……恰便似遮不住的青山隱隱，流不斷的綠水悠悠。

猶記得曹雪芹在《紅樓夢》中提及的這首〈紅豆詞〉，每每讀之都不禁潸然涕下。相思之恨在這位大文學家的筆下變成了可碰可觸的真實具象，栩栩如生……

相思是文人墨客筆下最為神奇的情緒，這份虛無縹緲的感覺在不同詩人的筆下也呈現出五彩斑斕的姿態。相思的背後是空靈的孤獨，這種存在的不安全感讓人寄托希望於溫暖的人與事，它們成了撫慰內心靈魂最美的期待。

相思在李白筆下，是「入我相思門，知我相思苦，長相思兮長相憶，短相思兮無窮極」，而輪轉到了蘇軾那裡，卻又是「十年生死兩茫茫，不思量，自難忘」的懷妻之痛；張先曾以千千結般的絲網喻意漫無邊際的思念摯情，晏殊的〈玉樓春〉將綿綿不盡的相思衝破了天涯地角的有限束縛，一行行文字寫入相思傳……

在李商隱的筆下，相思又化作另一番場景。

春光漸濃，窗外的颯颯東風吹來了濛濛細雨，吹動著窗外綠葉沙沙作響。在男女相悅傳情的芙蓉塘外，來自於遠方的隱隱輕雷正悄然拂過水面，傳入耳畔；新春即景既傳達了生命萌動的春天氣息，又帶有一些淒迷黯淡的色調，烘托出女主人公在春心萌動之後難以名狀的迷惘苦悶。

雕琢精緻的金蟾門飾緊緊地箍著香爐上的重門，燒香的薄煙裊裊而生，像一隻妖嬈的精靈在空氣中扭動著身姿，一邊盤旋片刻而後也穿過縫隙瀰漫開來。至於那玉虎軲轆牽引著的吊索探入井中，牽索轉動便可將深井中的水汲回。金蟾能燒香，玉虎能汲水，兩兩相配恰如其分，然而反襯之下，自己苦於相思卻無法找到與情人相會的機會，這個獨特的切入視角讓兩處相思越發顯得意味深長。

眼前之景將人的回憶拉回到歷史眼前，一曲「賈氏窺簾韓掾少，宓妃留枕魏王才」的佳話重新映入腦海。晉朝韓壽以才貌俊美而著稱，被侍中賈充召為僚屬，偶然機會賈充之女在簾後窺見韓壽，一瞥驚鴻，攪動了少女的春心。賈充於是將女兒嫁與韓壽，兩相琴瑟結為百年之好。相傳魏東阿王曹植曾經欲求娶甄氏為妃，曹操卻將她許配給曹丕。甄氏被讒死後，曹丕將她的遺物玉帶金鏤枕交付與曹植。後來曹植離京回封國途中宿於洛水邊，夢見甄氏前來相會。在他的夢裡，甄氏似乎特意為自己預留了床邊之枕。

無論是現實的一景一物，還是歷史上的一人一情，都深深地感染著詩人的情緒。一句「春心莫共花爭發，一寸相思一寸灰」掀起了整首詩歌的最高潮。春潮澎湃的靈魂，似乎要與春花爭榮競發，有人說相思如水般纏綿，可是在李商隱的眼中，每一寸的相思都會像熊熊烈火一般燃燒著記憶，將一縷縷心痛化作寸寸的殘灰。這是深鎖幽閨渴望愛情的女主人公在相思無望時苦痛的吶喊。一腔隨春而生的熱情轉眼化作幻滅的悲哀與強烈的憤慨，這「一寸相思一寸灰」的直白之語，化抽象為具象，用強烈對照的方式顯示了美好理想覆滅時動人心弦的悲劇之美。

李商隱寫情愛，別有一番味道。從女性入手體察入微的獨特視角，更是讓後來許多讀詩人都誤認為這位作者或許是一位敏感而多愁的女子。這一誤解反而越發襯托出他超凡脫俗的詩意筆力，讓人們對於解讀詩歌有了新的視角。

卷七

紅塵裡・古今情懷各不同

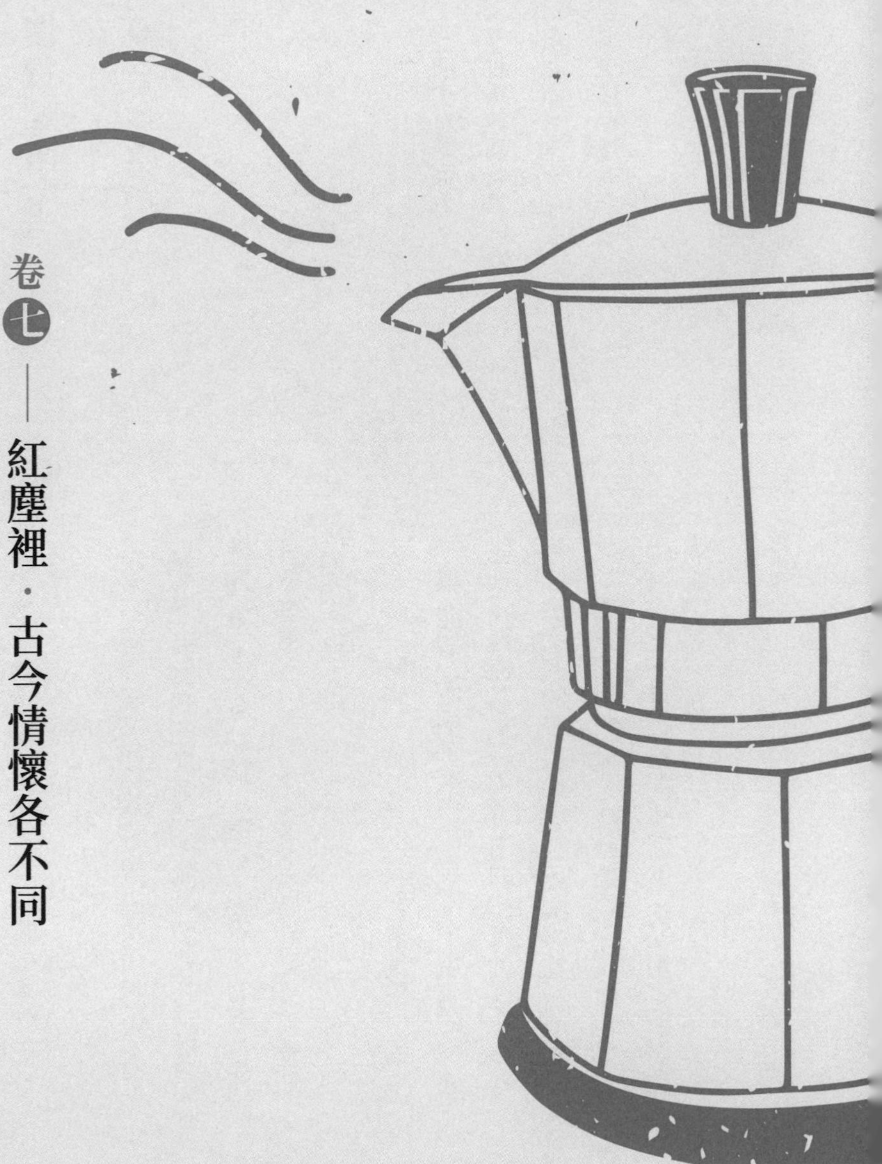

南朝四百八十寺，多少樓台煙雨中
——滄桑歷史的遺留

〈江南春〉　杜牧

千里鶯啼綠映紅，
水村山郭酒旗風。
南朝四百八十寺，
多少樓台煙雨中。

單單是「江南」二字已經足夠勾引得讓人浮想聯翩，若是再加上那充滿詩意的「春」字，江南小城裡的盎然生機呼之欲出。不得不說，杜牧是一位出色的詩人，更是一位出色的「畫者」，他用最靈動的文字做畫筆，斑斑點點，渲染出最美的春日即景，畫布上的那一抹留白，是留與讀者最自由的想像空間。

詩一開頭，萬般景色在寥寥幾筆白描中呼嘯而過，南國大地被一句「千里鶯啼綠映紅」輕輕掠過：一馬平川的江南大地上，一片片被切割的綠色拼成了遼闊大地，放眼望去，偶爾閃現的幾分紅韻如同少女面龐上的嬌羞，在滿目碧綠的映襯下，點燃了這場狂熱的背景。

春日江南猶如被打翻了的調色盤溢染了各色顏料，姹紫嫣紅點綴著綠茵的海洋。在美麗的自然風景中，一點村郭酒旗的加入平添了許多人文氣息。廣袤的領土上，鄰傍在溪水邊的村落斜倚在斜陽的餘暉裡，從山的那邊坐落著的城郭中散發著裊裊煙氣，迎風招展的酒旗送來濃郁的醇香。春風在陽光中起舞，一一望去，迷人的江南，經過詩人生花妙筆的點染，顯得更加令人心神蕩漾了。

放眼江山，本是一片鶯鳥啼鳴、紅綠相映、酒旗招展的景象，本應是晴天的景象，然而後兩句筆鋒一轉，千里之內，陰晴不定，這一片又是「南朝四百八十寺，多少樓台煙雨中」的妙景，江南景色的錯綜複雜，色層分明的立體感躍然紙上。遙想南朝上百座金碧輝煌、屋宇重重的佛寺靜默在煙雨之中，似空中樓閣，類人間仙境，恍若給人一種深邃的感覺。

有紅綠色彩的交接，有山水的映襯，有村莊與城郭相和，更有動靜聲色的張力；但若是只描繪出江南春景明朗的一面，似乎是不夠豐富的，掩映在煙雨中的佛寺被賦予了一種朦朧迷離的面紗，為這江南之美附著了混沌的嬌羞感。

在杜牧的這首〈江南春〉之中，寥寥二十八字，描繪了一幅幅絢麗動人的圖景，呈現出一種深邃幽美的意境，激流暗湧的神韻給人美感的享受和啟迪。

創下這首小詩時，正值晚唐朝局動盪，為大廈將傾之勢的唐王朝飽受藩鎮割據、宦官專權的混亂侵擾；而另一方面，憲宗當政後，醉心於自己平定淮西的一點點成就，一心事佛，專於煉丹修佛，飄飄然地做起了長生不老的春秋之夢，韓愈直言呈遞的《諫佛骨表》險些讓他丟了性命，憲宗之後的穆宗、敬宗、文宗承襲舊例提倡佛教，新近大量的寺廟此起彼落拔地而起，越來越多的賦稅負擔壓在百姓柔弱的肩上……在這亮麗的江南春景背後，是現實社會中深深的隱憂，這樣的背景之下，似乎那淺淺的一句「南朝四百八十寺」也有了更深的歷史註解。

《南史．郭祖深傳》說：「時帝大弘釋典，將以易俗，故祖深尤言其事，條以為都下佛寺五百餘所，窮極宏麗，僧尼十餘萬，資產豐沃，所在郡縣，不可勝言。」若是這樣，杜牧筆下的「四百八十寺」顯然是少說了，只是這南朝四百八十寺都已經化成了歷史的遺物，糅進江南風景的一部分了，於是審美之中不乏諷刺，詩歌的內涵也更豐富了。短短二十八字的背後，是隱於舌尖的千言萬語。

透過杜牧的這首〈江南春〉，忽想起寇準的另一首以「江南春」為詞牌的詞：

波渺渺，柳依依。
孤村芳草遠，斜日杏花飛。

江南春盡離腸斷，蘋滿汀洲人未歸。

讀罷淚濕兩行，比之杜牧之詩已是全然不同的味道。不過細細想來，這首〈江南春〉從杜牧到寇準，未嘗不是一種動態發展的過程，杜牧筆下的春盛之景亦可不成永恆，或許不過幾日，春宵散盡，殘留的不過是寇準筆下的晚春之嘆罷了。

淮水東邊舊時月，夜深還過女牆來

——潮水如昔，拍打寂寞的城

〈金陵五題・石頭城〉 劉禹錫

山圍故國周遭在，
潮打空城寂寞回。
淮水東邊舊時月，
夜深還過女牆來。

在六朝古都南京的清涼山西麓，自虎踞關龍蟠里石頭城門到草場門，逶迤雄峙、石崖聳立的城牆聳立在藍天白雲下，紅牆與綠樹交相輝映，這全長三千多公尺的石頭城後來竟成了南京城的代稱。

東漢建安十六年（二一一年）吳國孫權將都城遷至秣陵（今江蘇南京），第二年，在石頭山上金陵邑原址築城，取名石頭。扼守長江要塞，為兵家必爭之地，有石城虎踞之稱。唐代以後伴隨著長江水日漸西移，自唐武德八年（六二五年）後，石頭城便開始遭到廢棄，及至劉禹錫筆下的〈石頭城〉已是一片荒蕪寂寞的空城了。

層巒疊嶂的群山之中，故國舊地的場景依然殘存，這穩固的自然之景與變幻無端的歷史之間似乎有著某種奇妙的聯繫。潮水翻湧著往昔的記憶，一浪又一浪拍打著古城的牆腳，彷佛被它的荒涼所震撼，觸碰到冰冷的石壁，帶著寒心的嘆息，而後又寂寞地撤回……見證了各種歷史變遷的金陵城，不曾記得那些歡樂笙歌、紙醉金迷的日日夜夜，亦早已褪去了六朝的奢靡與華麗，殘留的歷史已經化成了灰燼，唯有天邊的彎月在淮水之東的江面上熠熠生輝，在這個靜謐的深夜，仍舊無情地從城上矮牆的後面升起，照見這殘破已久的古城。曾幾何時，富貴風流，轉眼成空；悲歡離合，盡歸烏有。

細細品味，〈石頭城〉一詩在一片歷史的哀歌中蘊藏著靈動飄逸的氣息，當文字在現實之景與歷史想像之間穿梭如魚，那些群山、江潮與明月代表著恆定的存在，而故國、女牆與空城又象徵著歷史的變遷，它們之間共同構成的隱形張力，似乎在呼喚著缺席的「人」，那蒼茫黝暗的山河空城，空中皎潔的孤月，交替著「昔日繁華」與「今日衰敗」的背景。憂傷的冷色塊，攪動著苦澀的歷史，凝成一聲聲深沉的感嘆，穿透金陵古城四百年漫長的歷史變遷。

相傳此詩作於唐敬宗寶曆二年（八二六年），臨近晚唐之時，正是社會動盪風雲變化之時，隱隱之中，處於末代的詩人深感歷史轉折的餘震正在漸漸醞釀。雖未能親歷南京，然而這意中虛景與真摯之情雜糅在一起，越發激發了無窮的想像。

這首詩不僅在當時飽受讚譽，成為吟詠金陵的絕世之作；其後無論是〈念奴嬌〉中的「傷心千古，秦淮一片明月」，還是周邦彥〈西河〉中的「山圍故國繞清江，髻鬟對起」，都潛移默化地受著劉禹錫詩意的影響，成為後世詠史懷古的典範。

余秋雨曾在《羅馬假日》中說：「人稱此詩得力於懷古，我說天下懷古詩文多矣，劉禹錫獨擅其勝，在於營造了一個空靜之境。唯此空靜之境，才使懷古的情懷上天入地，沒有邊界。」細細品讀詩歌背後的世界，是無比宏闊的時空觀感。

東風不與周郎便，銅雀春深鎖二喬

——消失的光年

〈赤壁〉　杜牧

折戟沉沙鐵未銷，
自將磨洗認前朝。
東風不與周郎便，
銅雀春深鎖二喬。

在低山丘陵與江漢平原的交界地帶，壁立如刀的山巒目送滔滔江水一路向東，層林盡染暈開一片盎然綠意。樹黃了又綠，花謝了又開，落葉在秋冬化作泥土滋潤著來年春色。萬古長青的赤壁之景屹立在湖北省東南部見證著無盡的歷史滄桑。

在這山川靈秀之地，英雄代代輩出，從明代「後五子」之一的魏裳，到海岳遊人張開東，到追隨孫中山革命的黃昌谷，再到近代教育家馬君武……有無數傑出人才的名字在史冊上熠熠生輝。然而真正讓人銘記這個地方的，還是那一段有關「赤壁之戰」的故事。

崇山峻嶺之中烽火四起，漢獻帝建安十三年在長江赤壁，孫權與劉備的聯軍溯江而上路遇曹軍，遇於赤壁。一時間，戰局緊張旗鼓相當，孫劉聯軍人寡勢弱，危在旦夕。不敢想若是曹操的浩浩大軍奮起而攻，等待孫劉之軍的將是怎樣一場血雨腥風的洗禮。

就在這千鈞一髮的歷史時刻，大將周瑜與黃蓋之間的一場「雙簧戲」扭轉了時局命運。當時南方的水戰對於北方的將士構成了極大的挑戰，為了減弱風浪顛簸，曹操一紙令下，將戰船相連，伺機攻戰。這樣的戰術反而給對方帶來了戰術上的靈感，原本是戰役中的弱勢一方，孫劉聯軍巧妙應戰，藉著曹操連環船的弱點，黃蓋佯裝投降帶著滿載著燃草的船隻投奔曹軍陣營。藉著東風，一場熱火烈焰翻滾著濃煙燒紅了半邊天，當熊熊大火瀰漫到曹軍船陣，悲號哀鳴的火海裡注定寫下了曹軍的敗局。

激戰過後，一片狼藉滿地，橫臥在江面上的殘盔敗甲宣告了這場戰役的結局。孫權與劉備的聯合大敗曹操軍隊，攻占下武陵、長沙、桂陽、零陵四郡，書寫了古代戰爭史上以寡敵眾的佳話，三國鼎立之勢豁然形成。

在赤壁這個曾經著名的古戰場，滾滾硝煙已經湮沒在歷史的塵埃中。

六百年過去了，曾經激烈的戰時成敗在史冊上化成永恆，而如今，當詩人杜牧重新踏上這片舊土，因赤壁大戰遺留的一塊碎片忽而將回憶拉回古戰場前的刀光劍影，一張赤壁大戰的古戰圖在腦海中徐徐展開……縱然這折戟的銘文早已因沙石磨礪水流沖蝕而漫漶不清了，然而或許這折戟恰是曹操當年「橫槊賦詩」的那個碎片。自三國至今，多少滄桑舊事恍若不腐流水，推動著命運車輪滾滾前行。如今，一切都歸於平靜，這片歷史的碎片成了唯一的見證。

一支折斷了的鐵戟不禁引發了詩人「懷古之幽情」，想到那次意義重大的戰役，想到那一次生死搏鬥中的歷史人物……回眸往昔，杜牧忍不住思忖著每一個重大歷史時刻背後的偶然契機。孫劉聯軍之所以能在這場大戰中斬獲勝利，離不開天時地利人和各方面的配合。在那決戰的時刻，強勁的東風亦是促成了這場戰爭勝利的關鍵。杜牧忍不住從反面落筆，若是這次東風不給周郎以方便，那麼歷史的結局是否又會是另一番景象？假想曹軍勝利，那麼大喬與小喬便可能落得含恨被鎖銅雀台的下場了。

杜牧之思別具一格，在他的筆下，被緬懷的歷史永遠處於偶然與必然的交錯之間，每一次的歷史轉折之中，都有一種潛在的命運力量悄然控制，最終將歷史導向未名的方向。杜牧之寫史論，除了展現其獨特的視角，更是曲折反映出積鬱內心的抑鬱不平之氣。自認為身懷經邦濟世之才，對當時中央與藩鎮、漢族與吐蕃的鬥爭形勢有著獨特而細緻的瞭解，不承想，當向朝廷所提出的有效建議卻化作雲煙成空，歷史上英雄成名的際遇，在自己身上卻沒有重演，隱隱地，還有一聲生不逢時、恨無東風相助的嘆惋。

歷史還未走遠，故事依然翻新，當如今的人們再次審視杜牧的這首〈赤壁〉，正如當年站在赤壁舊址上的杜牧審視前朝歷史，剝開層層的面紗，彷彿看到了歷史如萬花筒般的絢爛多姿。

商女不知亡國恨，隔江猶唱後庭花

——浩渺寒江上的淫靡之曲

〈泊秦淮〉　杜牧

煙籠寒水月籠沙，
夜泊秦淮近酒家。
商女不知亡國恨，
隔江猶唱後庭花。

二十三歲那年，他便寫下了名震千古的〈阿房宮賦〉，一句「滅六國者六國也，非秦也；族秦者秦也，非天下也」為這段歷史增添了新的註腳；在其後的一篇篇詩作裡，杜牧越發張揚出獨特的藝術才華，無論是〈過華清宮〉裡的「一騎紅塵妃子笑，無人知是荔枝來」，還是〈江南春〉裡的「南朝四百八十寺，多少樓台煙雨中」，都顯示出他敏銳的歷史視角和深刻的現實反思，這一首〈泊秦淮〉更是令人驚嘆不已。

同是暢遊秦淮人家，有人心生落寞，慨嘆「風流不見秦淮海，寂寞人間五百年」（王士禛〈高郵雨泊〉）；有人沉醉在秦淮海的景色裡感嘆不已，「淮海修真遺麗華，它言道是我言差」（唐寅〈秦淮海圖〉）……在浩如煙海般的描寫秦淮之景的詩作中，卻獨有杜牧的這一篇脫穎而出，成為人們口耳相傳、名垂千古的驚人之作。

那年暢遊秦淮舊地，秦淮之水穿過城郭和村巷，在這迷濛夜色中被淡淡的煙霧之氣籠罩著，銀色的月光傾灑在小舟和白沙之上，整個畫面都滲透著朦朧美。如今，閒遊至此的詩人將輕舟停泊在秦淮河岸邊，岸邊酒旗林立，淡淡的酒香穿過微風在嗅覺裡逗留。秦淮之境在杜牧筆下，恍若一幅精緻雕琢的工筆畫。

風光雖美，卻也抵擋不住歷史無情。此時，盛唐已經奄奄一息，一面是藩鎮擁兵自立，一面是紛飛的邊塞戰火下民不聊生，帝王昏庸的治國之道只是更進一步加劇現實的殘酷。處於危機四伏中的唐王朝如強弩之末，昏昏休矣。

一句承前啟後的「近酒家」，似乎開啟了詩人思想的閥門，記憶之水便汩汩而出，滔滔不絕。此情此境，這六朝舊址觸發了作者的沉思，倏爾一曲〈後庭花〉從江岸對面傳進詩人的耳畔。〈後庭花〉據說是南朝荒淫誤國的陳後主所編製的樂曲，歌聲哀婉淒切，南朝後主創作此歌後不久便落得家破國亡的下場，於是此曲變成了亡國之音的象徵。舊曲新唱，如今女伶在這衰世之年，不以國事為懷，如此自由自在無憂無慮地歌唱，反用這亡國之音來尋歡作樂，全然不顧歷史上南朝後主亡國的傷心事。

這一聲「商女不知亡國恨」的慨嘆，表面上是在埋怨歌妓不諳世事的無知，實際上表達著對於唐朝當下統治的深深不滿。這靡靡之音在南唐後主那裡，是奢侈委靡生活的象徵。當年隋兵陳師江北，一江之隔的南朝小朝廷瑟瑟而縮，危在旦夕，不承想後主依然沉迷於犬馬聲色。帝王不思朝政，群臣沉湎於酒色，視國政為兒戲，最終丟了江山。而如今在晚唐混亂的政局裡，南朝亡國的歷史悲劇似乎正在重新上演，前事已忘後事之師，晚唐似乎要步前朝悲劇的後塵。

這一曲曠世悲歌，穿越了幾個朝代的興亡榮辱，將渺遠的南朝與當下串連。這「猶唱」二字，微妙而自然地把歷史、現實與想像中的未來繫成一線，意味深長。「商女不知亡國恨，隔江猶唱後庭花」，於委婉的風格語調之中顯示出犀利辛辣的諷刺、深沉的慨嘆和無限的悲痛，堪稱「曠世絕唱」。一方面是知識分子對國事懷抱的深深隱憂，另一方面則是歌舞昇平的假象隱藏著國家衰敗的現實寫照。腐朽而空虛的靈魂瀰漫在〈後庭花〉的悲鳴之中……

人世幾回傷往事，山形依舊枕寒流

——西塞山懷古

〈西塞山懷古〉 劉禹錫

王濬樓船下益州，金陵王氣黯然收。
千尋鐵鎖沉江底，一片降幡出石頭。
人世幾回傷往事，山形依舊枕寒流。
今逢四海為家日，故壘蕭蕭蘆荻秋。

在今湖北大冶東面的長江邊，穆然靜立著一座俊險秀麗的山峰，在桃花洞裡的鐵椿相傳是吳主孫皓鐵鎖橫江的遺筆，摩崖石刻上「西塞山」三個大字漸漸被歲月洗褪了痕跡，西塞山東邊的明朝牡丹依然寄寓著那個美麗的愛情傳說，亭閣林立，綠蔭成群，遠處的群山層巒疊嶂，綿延到歷史記憶的深處。

這風光秀麗的西塞山，不僅是當今的旅遊勝地，在歷史上更以其地處於吳頭楚尾的獨特地理位置和險峻的地勢集古戰場和風景名勝於一身。自古至今，見證著無數的腥風血雨的戰爭洗禮，也銘刻著無數文人墨客的騷詞歌賦。

唐朝張志和曾經在〈漁歌子〉中吟詠道：「西塞山前白鷺飛，桃花流水鱖魚肥。青箬笠，綠蓑衣，斜風細雨不須歸。」〈漁歌子〉在這桃花綠意中再現了古時的自然風采。江南水鄉春汛捕魚，鮮明的山光水色裡若隱若現著漁翁之形影，這一幅詩一般的山水畫恍若桃源夢境。

及至劉禹錫的筆下，這西塞山之景已然大不相同，少了張志和筆下的悠然閒適，卻添增了幾分厚重的歷史感。

唐長慶四年（八二四年），原為夔州（今重慶奉節）刺史的劉禹錫奉命東調，沿著滾滾長江順游而下，前往和州（今安徽和縣）赴任刺史之職。其間途經湖北，暫駐西塞山之時，望著茫茫山景慨嘆萬千，聯想時局，撫今追昔，忍不住將一腔沉思化作這首感嘆歷史興亡之詩。

西晉咸寧五年（二七九年），為了完成統一大業，滿懷雄心的司馬炎率領一眾鐵蹄踏上了吳國的土地，從東面的滁州到西面的益州，數路大軍組成的遼闊戰線像一條巨龍，踏著飛揚塵土向東吳屬地長驅直入。當時被封為龍驤將軍的王濬，正暫駐益州製作戰陣所需要的船隻，為即將到來的大戰做最後的準備。當浩浩蕩蕩的大軍乘船東下，伴隨而來的便是金陵城池被攻破的消息，曾經的泱泱大國氣數殆盡，吳主孫皓的投降正式宣告了東吳的滅亡。

再回憶起這場歷經五個多月的盛大戰役，其間的各種周折與細節都被模糊了，在劉禹錫筆下只截取了其中的始與末，從王濬發兵到吳國滅亡，寥寥幾筆便集中概括了歷史發展的全部過程。哪怕困獸再做最後的掙扎，孫皓的腐敗政權早已是苟延殘喘不堪一擊，遇上足智多謀英勇善戰的王濬，一切的拚死抵抗也都化作虛無。當王濬大軍如決堤之水般向東吳大地呼嘯而來，金陵政權的覆滅早已是命運注定，於是這黯然悽慘，也有了某種必然的意義。

當時的東吳，並非人寡物窮，亦並非將少兵弱，只是仰仗著優渥的自然條件而不自知，空空地讓不修內政、荒淫誤國的吳主孫皓恣意揮霍，最後落得「鐵鎖沉」、「降幡出」的下場。這人為的悲劇背後更顯示出深刻的歷史教訓。

「人世幾回傷往事，山形依舊枕寒流」這兩句詩是詩人睹景觸情沉思再三之後的慨嘆。遙望著依然巍峨聳立的西塞山，綠意一年舊時一年新，而腳下滾滾東流的長江水如同永不止步的時間一般化成了永恆。物是人非，無語凝噎，這些世間的人事滄桑似乎與它們全然無關。一句「往事」涵蓋的早已不僅僅是東吳覆滅之事，而是在歷史上一遍又一遍重演的興亡榮辱，東吳之後在金陵相繼建都的東晉、宋、齊、梁與陳等朝代，紛紛踏上前人的腳步重蹈覆轍，歷史的借鏡於是從某種意義上變作了輪迴，那些不肯接受歷史教訓而自省的人，最終只能成為新的犧牲品而已。

當時的唐朝經歷了安史之亂的顛簸，氣數大不如從前，藩鎮割據朝局動盪，整個國家如同置身狂風暴雨中飄搖的小舟，再難以尋得一片安寧的港灣。縱然此後唐朝曾取得了幾次藩鎮割據的勝利，然而這曇花一現之榮景很快被更加嚴酷的現實所湮沒，當時包括劉禹錫在內的一批人才，試圖改革時弊力挽狂瀾來拯救這奄奄一息的唐王朝，然而積疾久矣，無力回天。參與到政治革新集團中的一大批人最終也屢遭迫害與打擊。歷史與人生的悲劇觸發了詩人內心柔軟的琴弦，讓他忍不住慨嘆「今逢四海為家日，故壘蕭蕭蘆荻秋」。杜牧曾在〈阿房宮賦〉中點出的至理名言「後人哀之而不鑑之，亦使後人而復哀後人」，似乎將要在當朝現實中重演，等待唐王朝的又將是怎樣的結局？

西塞山的這次懷古，穿梭在古今家國的橫縱線上。當此時的劉禹錫站在西塞山頂，在一片搖曳著的秋風蘆荻中傷心喟嘆前朝的故壘遺蹟，不知後世是否亦有人將會在同處悲嘆唐朝的命運……

舊時王謝堂前燕，飛入尋常百姓家

——繁華不再的烏衣巷

〈烏衣巷〉　劉禹錫

朱雀橋邊野草花，
烏衣巷口夕陽斜。
舊時王謝堂前燕，
飛入尋常百姓家。

在秦淮河之南的金陵城內，朱雀橋原是東晉時期搭建在秦淮河上的一座浮橋，經過歲月的洗禮，朱雀橋的蹤跡難再尋覓，只是這首〈烏衣巷〉卻經久不衰，歷久彌新，在一代代人的口中誦唱。

隨著傳說的腳步回溯往昔，曾經的烏衣巷是三國時期吳國駐守石頭城的部隊營房所在地，駐紮於此地的禁軍都身穿黑色軍服，烏衣巷之名由此而來。朝代更迭，風雲輾轉，及至東晉時期，王導與謝安兩大家族在此地定居，一時之間車水馬龍，往來賓客熙熙攘攘，綾羅綢緞與珠光寶氣交相輝映，微醺酒氣中瀰漫著金陵春色，冠蓋簪纓，皆為六朝巨室。於是這些在烏衣巷生活的王謝兩大家族，其子弟多被人們稱為「烏衣郎」。

歲月荏苒，當劉禹錫再次踏上這條烏衣巷，東晉舊時的繁榮場景早已被時光無情地碾軋磨碎。夕陽的餘暉靜若處子，柔柔地沿著巷口徘徊；微醺的日光泛著被光陰發酵的暈黃，與巷口處的斷壁殘垣形成了不謀而合的呼應。朱雀橋邊雜草叢生，偶然在其中若隱若現的幾朵野花算作淒涼之中的些許慰藉。曾經精雕細琢的生活場景已經被粗糙殘酷的現實改寫，及至唐朝時期，那些商賈巨戶紛紛殞落得不知奔向何處。

細細思忖，朱雀橋是橫跨在南京秦淮河上通往烏衣巷的必經之地，而穿河南岸的烏衣巷，不僅在地理位置上與朱雀橋相鄰，在歷史淵源上也有千絲萬縷的聯繫，它們曾經共同見證著舊時名門望族們如何聚居於此，當年六朝如何周折更迭。這朱雀橋與烏衣巷偶對天成，冥冥之中成了往昔繁榮之景的象徵，可至如今，再形容起這些曾經的鼎盛之地，卻只能依附著「野草花」、「夕陽斜」這般的字眼，春景之中見秋色，無一字直寫悲意，卻是滿目的寂寥與無限淒涼的暮景。

經過這一系列環境的渲染烘托，自然進化到了要將感情進一步昇華的契機。最為別致的是，作者並沒有依歸於庸常、採取過於淺露的寫法，若是僅僅像別人那般寫出「無處可尋王謝宅，落花啼鳥秣陵春」（無名氏）、「烏衣巷在何人住，回首令人憶謝家」（孫元宴〈詠烏衣巷〉）這樣的詩句，〈烏衣巷〉一詩是不可能名垂千古的。詩人轉筆採用了獨特的細微視角切入，出人意料地將筆觸轉向了烏衣巷上空的飛燕蹤影，讓人隨著燕子飛行方向的變異，越發感受到這種盛衰更易背後的無名憂傷。採用這種側面的描寫，表達出靈動的審美體驗和別致的感受視角。順口而下，語言淺顯易懂，卻深藏著一種蘊藉含蓄之美，使之讀起來讓人餘味無窮。

滄海桑田，人生多變。榮枯興衰之事本就非人本身所能控制，舊時風景依舊，而現實卻已經變得殘缺不全、七零八亂。在這種人與事的無窮變遷中，每一個人似乎不過是巨大車輪上的一個渺小零件而已，順著時代的滾滾車輪輝煌而後湮沒，就算再如何順應著無情的命運之水掙扎溯游，卻也改寫不了最終的結局。

於是從這首〈烏衣巷〉的變遷中，在悲戚之外忽而品出些深沉的味道來……

卷八——山水間・明朝散髮弄扁舟

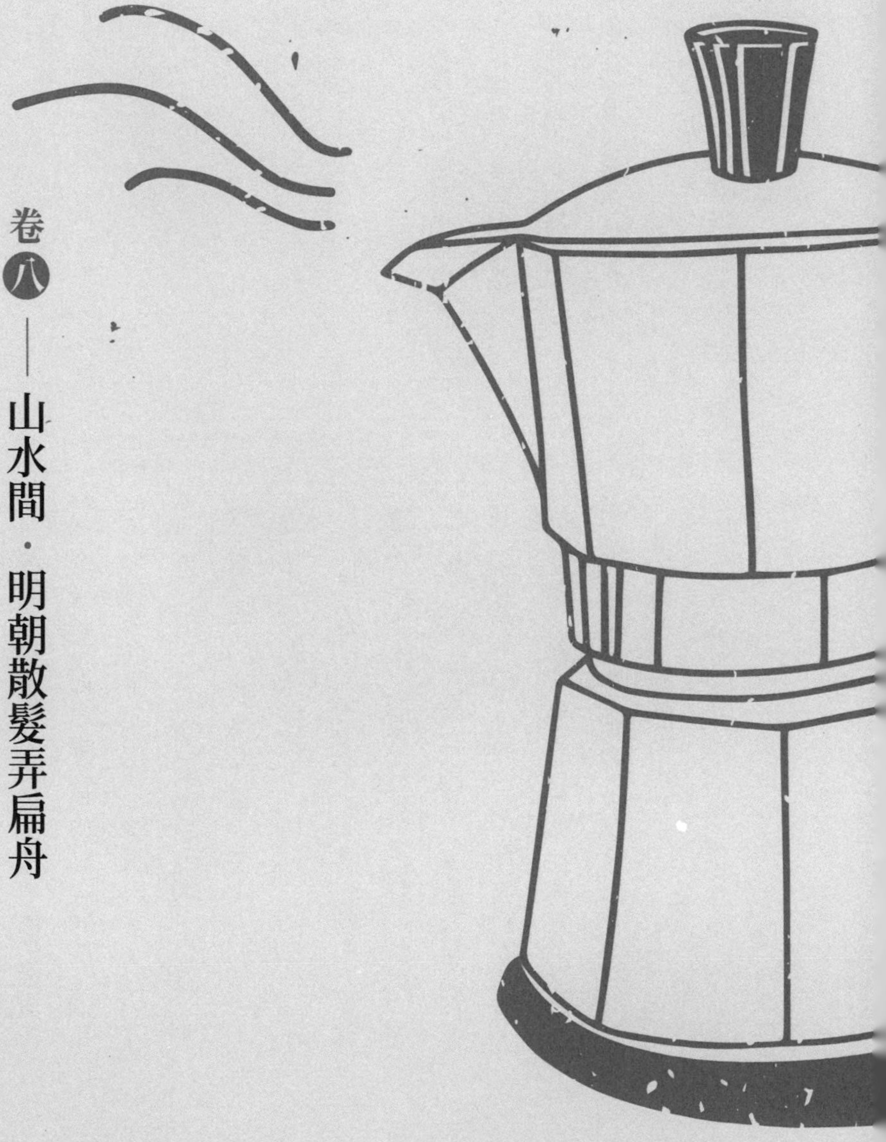

故人具雞黍，邀我至田家

——盛情難卻的鄉情

〈過故人莊〉　孟浩然

故人具雞黍，邀我至田家。
綠樹村邊合，青山郭外斜。
開軒面場圃，把酒話桑麻。
待到重陽日，還來就菊花。

在盛唐的山水田園詩派中，遙遙的遠方有一盞明星在蒼穹中閃耀，他不似王維那般哲理深邃，不似韋應物那般高雅閒淡，卻能從樸實無華的生命常態中窺視出不一樣的壯逸清遠。但凡是提到盛唐的山水田園詩，不得不聯想到的便是唐代第一個傾力於寫作山水詩作的詩人孟浩然。

仁者樂山，智者樂水。將心頭的千思萬緒寄情於山水之間常常是古代詩人慣用的抒發情感之法。自陳郡陽夏人士謝靈運開創並確立了歷史上山水詩派的審美典範之初後，歷代的詩人越來越注重觀照山水之於人抒發表達情感的重要意義，在這人與自然的情感交涉中碰撞出燦爛的火花。

及至孟浩然的這首〈過故人莊〉，已然

完全褪去了自然與人之間的隔閡，將這山水田園與情感流動巧妙地結合在一起。於純真中見不凡，於平實之中見高遠。

秋日的狂歡伴隨著豐收的喜悅，棲居鄉野的孟浩然受邀前往拜訪老朋友的田莊。雞肉與稻穀的香氣穿過風浪，遠遠地便向還未進門的客人致意。正是這種不拘小節不過度虛張的待客方式，獨見特有的田家風味，亦可窺視鄉朋舊友之間隨意交往中的深摯情誼。其後的「開軒面場圃，把酒話桑麻」一語便也不顯得那麼生硬突兀了。

鄉野中的農舍雖然簡陋而粗糙，可是在周邊無限風光的裝飾下，恍若一片不受世外打擾的桃花源。村落周圍被一排排的綠樹攏合著，那綠色猶如被清水洗滌過一般，脆嫩脆嫩的，散發著盎然生機。放眼轉向村子的城牆外，綿綿不斷的青山緊密地貼在一起，臉對著臉細細耳語。

在這濃郁的綠意映襯之下，屋裡的人似乎也被感染，打開窗戶面對著菜圃和穀場，看風滑過菜畦在穀場上歌唱，聞著陽光烘焙下新鮮的稻香，以至於久別未見的詩人與老友忍不住頻頻舉杯於窗邊暢飲，酌著醇香的酒氣大家相聚在一起，談論著今年秋收的光景。幾杯酒下肚，杯盤盡是一片狼藉，短暫的聚會即將結束，遙想著不久之後，等到九月初九重陽佳節到來的時候，詩人還要前來和友人暢言歡飲，邊欣賞著秋日盛開的嬌艷菊花邊，品嚐獨具特色的菊花美酒。此刻許下的美好約定便成了下次聚會的開端，滿興而歸的歡愉之情流露在字裡行間。

並沒有驚心動魄的場景，亦不見感人肺腑的摯語，全然是孟浩然去朋友家做客的過程描摹，恬靜閒適的農家生活情景在自然流暢的敘事與平淡無奇的語調中娓娓道來，如同一杯無滋無味卻清冽入肺的白開水，將尋常生活背後的豐腴想像展現出來。自始至終，全詩不見雕琢渲染之痕跡，卻在醇厚的詩意與真摯的情感中彰顯著「清水出芙蓉，天然去雕飾」的審美趣味，不愧為唐代以來田園詩歌中的難得佳作。

老友之間的歡顏笑語，似乎依然縈繞在耳畔。村舍、田圃、青山、綠樹……自然之景與桑麻之語、故人之情融為一體，構成了一幅和諧寧謐的田園風景圖，比起陶淵明筆下純然幻想轉瞬即逝的桃花源，這裡似乎更富有盛唐社會的真實氣息。在這樣一片淡雅天地中，這位曾經感慨過「當路誰相假，知音世所稀」的詩人，似乎暫時將政治仕途中的坎坷與不快拋於腦後，更將人世間的功利得失棄之不顧，他的思緒在這恬淡的隱居生活中變得無比自由與放鬆。在平靜的生活中，孟浩然彷彿尋得了某種靈魂的皈依……

借問酒家何處有？牧童遙指杏花村

——紅杏盛開的驚艷

〈清明〉　杜牧

清明時節雨紛紛，
路上行人欲斷魂。
借問酒家何處有？
牧童遙指杏花村。

春意闌珊，一場暮雨洗滌盡最後一抹春色，帶走了春日裡花的嬌羞和葉的嫩綠。蓬勃的夏日漸漸豐腴起來，一點點吞噬掉最後的暮春時光，綠意變濃，陽光變烈，日子似乎一步跨過了清明節，變得熱鬧起來。

在仲春與暮春之交的時光中，清明節成了人們踏青賞春的最美契機。清明，最早並非慶祝的節日，只不過是一種節氣名稱而已，其後演變成紀念先輩的節日，相傳與寒食節有關。這樣一個歷史上的傳統節日似乎也被寄予了具有古典意義的文化內涵韻味。

相傳春秋戰國時期，晉獻公的妃子驪姬為了將自己的兒子奚齊托上繼任寶座，殘忍地暗下毒手，將另兩子趕盡殺絕。重耳為了躲避迫害，開始了漫漫流亡之路。就在流亡期間，飽受各種屈辱艱辛的重耳目睹了人情冷暖、世態炎涼。身邊的人因經歷了一場場危機的滌蕩而越來越少，最終留下只有少數忠心耿耿的大臣，介子推便是其中之一。當飢餓如同猛獸一般蠶食著他的生命，忠臣介子推為了救重耳，竟然從自己的大腿上割下肉來送給重耳度過難關。然而後來封功加爵之時介子推之名卻被重耳遺忘腦後，亟待想起之時，傳來的消息已是介子推與老母命喪綿山的噩耗。

斯人已逝，唯有血書相留，那一句「割肉奉君盡丹心，但願主公常清明」永遠地載入了史冊。為了紀念這位忠臣，這一日便被定為寒食之日，寓意整日禁忌開火以緬懷逝者，於是清明佳節之意由此而來。

而在眾多的書寫清明的詩作中，杜牧的這首〈清明〉傳誦最是廣泛。每逢清明時節，如約而至的綿綿春雨如同垂下的幕簾縈繞眼前。這雨來得急，也來得暢快，不似「天街小雨潤如酥」那般的細膩溫婉，也不似「白雨跳珠亂入船」這般暴躁激烈，這清明的「雨紛紛」之景象是應著這時節的寓意而生似的，在春的盎然生機中，讓人感到一種淡淡的哀傷與肅穆，傳達著那種「做冷欺花，將煙困柳」的美麗凄婉之境。

雨猶如此，更何況是路上的行者。細雨紛飛，春衫盡濕，平添的難言愁緒在「欲斷魂」三字中層層暈染開來。佳節孤行，本是心緒難寧，而在這紛紛灑灑的雨絲風片中又心事滿腹，難免讓人感到加倍的淒迷紛亂。豁然之間，「紛紛」二字在形容春雨之餘似乎有多了一層含義，愁緒的千絲萬縷不正如這細雨一般紛紛灑灑難以理順嗎？

此情此景觸動了內心深處的柔軟琴弦，在這清明春雨中，行人忍不住止住了腳步，想要尋得一處酒家暫時落腳。三兩杯熱酒下肚，解一解料峭中人的春寒。既是躲避前路的紛紛細雨，又似梳理內心的綿綿愁緒。問路的過程已然被詩人隱去了，一句「牧童遙指杏花村」足以給我們留下豐富的想像空間。牧童指尖遙指的那個杏花村落，似乎近在眼前又似乎遠不可見，不言而喻，在美麗的杏花深處的村落裡，有一家小小的酒店正在風雨中靜候著行客的到來。言有盡而意無窮，後來的故事在短短的二十八字之外上演開來。

《江南通志》曾載，這首詩是作於杜牧時任池州刺史之時，路遇有名的杏花村暫駐飲酒，清明的紛紛細雨勾起詩人的無邊愁緒，於是這首〈清明〉便有了歷史與人文的雙重關懷。

這首〈清明〉通俗易懂自然流暢，在簡潔淺白的話語中卻留有無盡的韻味。這亦正是杜牧的高超之處，用最簡潔的話語傳達最豐富的感情，這深邃的凝望是生活與詩意的化身。

潭清疑水淺，荷動知魚散

——春光倒影裡的溫婉情誼

〈釣魚灣〉　儲光義

垂釣綠灣春，春深杏花亂。
潭清疑水淺，荷動知魚散。
日暮待情人，維舟綠楊岸。

春色遲暮，碧綠的清潭中掩映著一個垂釣者的身影，那影子在水面上徬徨而又焦灼，顧不上一行行春色在腳邊悄然而逝。

手中釣竿晃動，在水面上攪動出陣陣漣漪。醉翁之意不在酒，很顯然，垂釣者的心思並不在釣魚的樂趣上。春深不知歸處，只尋得綠蔭中幾樹杏花雜亂地掛滿枝頭，不勝繁麗。樹上繁花，恰如春天裡盛開的朦朧愛情，讓乾涸的心靈心神蕩漾。

這位青年小夥子藉著濃密暮色的掩映，駕著一葉扁舟，來到了釣魚灣。船纜輕繫在楊樹樁上佯裝垂釣，而實則內心澎湃焦灼著靜候情人歸來的渴望。無論是怎樣地擺弄釣竿，怎樣地故作鎮靜，內心的焦慮忐忑卻難以欲蓋彌彰。

俯首碧潭，清冽的潭水一眼便可望到底，垂釣青年忍不住疑心這樣薄淺的水是否能夠留得住魚兒，驀然覺察水面荷葉輕晃，才得知水中魚兒受驚而亂竄，四散開來……這樣的擔憂從另一個角度也是在暗示著青年小夥兒擔心路程多阻，久等未至，讓垂釣者不禁胡思亂想，想像著意中人是否路遇意外而不能赴約。而蓮動魚散之景又讓人在黑暗失落中重拾了希望，恍惚之間誤以為是期待已久的「蓮動下漁舟」，誰知立定仔細一瞧，才發現是水底魚散，心頭又是不免一沉，黯然失意的悵惘之情溢滿臉上。

心中堆滿了憂鬱，日暮將歇，春也散盡，青年小夥兒感到有一種難以名狀的感覺輕輕隕落。那岸邊的楊柳依然搖曳，不知是笑他痴情，還是憐他感傷……在等待自己的意中人時心中經歷的這一番情緒起伏——從擔心驚悸到忽生憧憬希望而後又隨之覆滅——可謂是維妙維肖，將人之心理狀態與景之變動巧妙地結合起來。

這首以地名「釣魚灣」為題目的詩歌，將整首詩的大半筆墨都側重在春末夏初之時風景的獨立塑造，而在最末的兩句「日暮待情人，維舟綠楊岸」則頗有畫龍點睛之感，也為前面四句的景色書寫賦予了嶄新的深意。語意驟然中斷，漫無著落之際，忽而以這樣的詩句作結，極盡峰迴路轉、雲譎霧詭、騰挪閃躲之感。原本普通的垂釣之含義也變成了一種含情脈脈的象徵，被賦予了更為豐富的情感周折。

那詩歌背後的故事一直在延續傳承著，文字在我們的腦海中訴說著未言的遐想。一位身著青衫的美麗女子撥開層層荷葉，撥動著水裡細紋，緩緩地向著釣魚灣走來。似懂未懂的灣水也亂了分寸似的，柔柔地皺起一陣漣漪，就連這垂暮的春光都不禁在少女面前嬌羞了。

古時自屈原始，便有將愛情中的男女雙方比喻成君主象徵的先例。當因仕途失意而隱居終南山的儲光羲創下這首〈釣魚灣〉之時，亦有許多關於他人生際遇的猜想滲透其中。這情郎靜候女子的心態似乎被賦予了賢良被棄渴求重新得到君主的賞識之意。就如同期盼女子如約到來的青年一般，他滿懷著期待與不安，勾勒著有一日當代明君真的能夠禮賢下士，發現偏隱於此之人想要為國效力的壯志。縝密觀察下的生動生活情趣之外，亦悄然滋生著詩人積極入世的出世情懷。

愛情之意是儲光羲詩意表面最直接想表達的，後代人對它的深度解讀反而表現出一種新的視角。這種闡釋是否完全契合詩人本意已經無從判斷，只是從讀者的角度來判斷，忍不住想要窺視作者神祕的內心世界。

言已盡，而裊裊餘情未了。在那濃郁的春光中，在那夕陽的餘暉裡，綠柳依依，扁舟輕揚，穿越那詩歌中的文字與想像，似乎依然看見那位在潭水邊等候意中人的男子，眺望著遠方的理想，時而低頭擺弄著釣竿，時而深情地凝望著水面上被微風驚起的粼粼波光。那似乎是一幅永恆的圖畫，定格在記憶中最具美感的鏡頭，將要永遠地銘記在腦海中。

垂釣之中體驗的人生與愛情，若是細細咀嚼品味，便可在這看似不相關的景與人之中找到某種哲理的契合點，百味叢生。

兩岸猿聲啼不住，輕舟已過萬重山
——收拾心情，信步而行

〈早發白帝城〉 李白

朝辭白帝彩雲間，
千里江陵一日還。
兩岸猿聲啼不住，
輕舟已過萬重山。

彩雲繚繞的白帝山上綠樹成蔭，森林裡到處充溢著青澀的泥土味。濃密的綠意忽而可見一座城池的倩影，自山下江中仰視，白帝城似乎含著凌雲壯志的氣概聳入雲間。

坐落於長江三峽瞿塘峽口的白帝城因地勢的險要而成為歷代兵家的必爭之地，悠久的文化涵養滲透著無數文人墨客的筆墨。從李白、杜甫、白居易、劉禹錫到蘇軾、陸游、范成大、王士禛……他們的生存足跡在筆下化作美麗的詩篇，也讓「白帝城」由此得到了「詩城」的美譽。

在眾多有關白帝城的詩篇中，李白的這首〈早發白帝城〉尤為璀璨，寥寥幾語朗朗上口簡潔清脆，卻讓讀詩之人從中感受到如樂音般美好的生命體驗。

酈道元曾在〈三峽〉中有云：「自三峽七百里中，兩岸連山，略無闕處。重岩疊嶂，隱天蔽日，自非亭午時分，不見曦月。至於夏水襄陵，沿溯阻絕。或王命急宣，有時朝發白帝，暮到江陵，其間千二百時里，雖乘奔御風，不以疾也。」沿著長江主幹流一路向東，水船猶如離弦之箭朝發暮至。回望曾經在彩雲間隱沒的白帝城，以往的種種恍如隔世。白帝城處於高處，而所到之地已近下游，這一有利的地勢落差自然便於航船的飛馳，行期也大大縮短了。

於是在朝霞耀目的清晨從白帝城出發，沿途兩側止不住的猿聲嘶鳴，伴著滾滾波浪向後而逝。如煙往事一幕幕在詩人的腦海中閃現……

唐肅宗乾元二年（七五九年）春天，安史之亂攪動了國家的政局，當時的皇帝唐玄宗情急之下被迫逃亡蜀地，匆忙之際將帝位承襲給兒子李亨（亦即後來的唐肅宗）。然而不久之後，唐肅宗的弟弟李璘發兵南下，一場關乎皇位的兵戈相爭猶如弦上之箭一觸即發。當時避亂隱居廬山的李白並不知曉統治階級內部的權位較量，出於報國的熱情便加入了永王的幕府，想要借一身才智為國效力。

西元七五八年，永王李璘的謀權策略慘遭鎮壓，終以失敗而告終。於是身在幕府中為之效力的李白亦受到了牽連，被一紙詔書打入潯陽（今江西九江市）囹圄，隨之而來流放至夜郎（今貴州桐梓一帶）的審判「轟」的一聲巨響宣告了李白一生的政治生涯的結束。

不見刀光劍影，卻被這無形的血雨腥風鞭打得遍體鱗傷。曾經懷著滿腔濟世之志的李白在這樣莫名的打擊之後感到無比的委屈和悲傷。在無數的詩歌續曲中，記錄了這段被貶過程中的心緒動盪。

沿長江溯游而上前往夜郎，內心的惆悵讓他無暇顧及沿途兩岸的景色。當行船抵達巫山之時，突如其來得到赦免的消息又倏爾改寫了命運的航向。從原本失落的萬丈深淵忽然重新爬升回到了山峰之巔，這樣的轉變讓李白欣喜若狂。順流而下的快樂隨即湮沒了曾經懷抱的憂愁，從白帝城即刻乘舟趕回江陵，詩人內心極度期盼著時間能加快腳步，一日之間便可抵達江陵的懷抱。於是沿途的啼聲入耳，美景入目，無比的歡欣洋溢在詩歌的字裡行間。

在李白筆下，白帝城似乎成了他命運轉折的關鍵點，是他扭轉人生歷史的幸運之地。長江一瀉千里的氣勢，恰恰流露著詩人急切盼歸的心情。因為心情的愉悅，兩岸的猿鳴哀啼在詩人聽來也不是那樣淒切蒼涼了，反而某種程度上成了這如離弦之箭般行舟的襯托。小船從崇山峻嶺中穿梭而過，順流之下直奔江陵之景，隱隱蘊含著剛剛從政治劫難中逃離出來的詩人喜悅自適的心情。從白帝城到江陵朝發暮至，不知不覺間，已是「輕舟已過萬重山」。正是在這種積極快樂的情緒感染下，現實的時間和生活節奏也被人為加快腳步，周遭的一切都充滿了奮發向上的積極行動力。

這〈早發白帝城〉中的峰迴路轉之心境，是詩人經過艱難歲月後，命運逆轉而迸發的一種激情，這樣的激情讓詩人重新撿拾起生活的樂觀與自信，昂首信步繼續前行。

明月松間照，清泉石上流

——白雲之間淡泊的眼

〈山居秋暝〉　王維

空山新雨後，天氣晚來秋。
明月松間照，清泉石上流。
竹喧歸浣女，蓮動下漁舟。
隨意春芳歇，王孫自可留。

輞川別墅門扉洞開，徐徐清風穿門而入。流水淙淙，青草幽幽，鄉野田園的秋色帶著些許涼意，在微醺的暮色下越發顯得神祕。一位老者盤腿打坐，他的身後恍然浮現一個大大的佛字，眉宇之間見風雅，微閉的雙眸似乎一睜開就準備噴射耀目的火焰，而他的周圍似乎被一股無形而強大的無形力量隔絕了塵世的紛擾，耳邊隱隱約約的嘈亂雜音都驀然融入了他靜寂的生命之中。

劉安曾在《楚辭・招隱士》言道：「王孫兮歸來，山中兮不可以久留。」可是在詩佛王維的筆下，王孫恰是留於山中。

想當年因伶人舞獅王維莫名受累而被貶為濟州司馬參軍，後遷監察御史不久便奉命出使大漠，擔任涼州河西節度幕判官。時局動盪，安史之亂殃及已身，為生活所迫自己又不得不出任偽職，而戰亂平息後這段歷史卻又成為他人非難的藉口，王維因此鋃鐺入獄。生活正處低谷之際，胞弟王縉因平反戰亂有功而抵消兄長之過，於是王維由此得到寬宥，被降職為太子中允後終為尚書右丞。

在人生的航途上幾經顛簸輾轉，時而被推向風口浪尖，時而又遭受著淹沒沉底的凶險，這樣的人生磨煉對寄信仰於佛學的王維來說是另一番獨特的風景。人生正如春夏秋冬之變幻，不過是在不同的時期切換不同的景色而已。在擔任官僚的空閒時間中，王維在京城南藍天山麓修建的別墅成了他困乏心靈的最好歸宿。世間的功名利祿並非他追逐的對象，唯有這偏野荒郊中的清風與明月，是他真正的靈魂皈依。這首〈山居秋暝〉是詩人精心勾勒的人性美，從另一個角度來說亦是詩人人生理想的寫照。

正所謂「空山不見人，但聞人語響」（〈鹿柴〉），繁盛茂密的叢林經過第一場秋雨的洗禮越發顯現出生機盎然的翠綠。廣博的自然掩蓋了人們的痕跡，目之所及的是亭亭如蓋的高木，入耳之語盡是風鳴與鳥啼，這山林之中充滿了空幽之氣。空山之中不被打擾，恍若隔絕人世的世外桃源，山雨初霽，萬物為之一新，徐徐秋色點染在這片畫布上，景色之美妙讓人浮想聯翩心生蕩漾。

當天色漸漸低深下去，黑夜蠶食掉最後一絲光亮，取而代之的是如琥珀色的玉光，那是高掛在蒼空的月亮的微笑。這琥珀色的笑容融成了一條潔白無瑕的素練，鋪在松樹的身上、蓮花的身上、泉水的身上……泉水裡若隱若現的碎玉般光澤滑過山石之上，很快又躍進水裡，化成一片亮白。風景如畫，人生如詩，這月下青松與石上清泉，似乎超脫了事物本身的屬性，而昇華為王維心目中高潔理想的象徵。

明月清泉的靜景正引人觸發翩翩聯想，一陣笑語歌聲忽而劃破了靜謐的天堂。原來是那些天真無邪的姑娘們浣洗歸來，未見人影卻先聞其聲，如銀鈴般悅耳的笑語在夜空中迴蕩。只見原本亭亭玉立的一眾荷葉斜了身子，讓路似的紛紛移轉向兩旁，荷葉上掀翻了的無數晶瑩水珠，那是順流而下的漁船劃破了寧靜的荷塘月色。生活在這翠竹青蓮、清泉明月世界中的善良人們，無憂無慮地享受著純然的人生，沒有污濁官場的侵擾，亦沒有血雨腥風的洗禮，這樣的穩定與平和正如恆久不變的月光秋色。

目及此情此景，心心感念著這個如世外桃源般世界的美好，詩人王維的情緒被感染起來，他忍不住一反故語，呼喚一聲「隨意春芳歇，王孫自可留」，想要將此生寄情於有山有水的詩情畫意之處，高潔的情懷和對理想世界的追求溢於言表。

王維筆下的秋景，不見杜甫筆下「風急天高猿嘯哀，渚清沙白鳥飛回」的淒淒切切，不似劉禹錫詩中「自古逢秋悲寂寥，我言秋日勝春朝」那般昂揚樂觀，卻用一副溫暖的筆觸不著痕跡地描出了一幅和諧完整、素雅明麗的水墨畫，那種恬淡和純然讓讀詩之人沉浸其中，流連忘返……

白雲回望合，青靄入看無

——茫茫雲海，濛濛青靄

〈終南山〉　王維

太乙近天都，連山接海隅。
白雲回望合，青靄入看無。
分野中峰變，陰晴眾壑殊。
欲投人處宿，隔水問樵夫。

西自秦隴地徑綿延八百里長龍及至東田，一行群山橫臥在關中平原的腳下。宋人曾在《長安縣誌》中讚道：「太行之外，莫如終南。」唐代詩人李白寫道：「出門見南山，引領意無限。秀色難為名，蒼翠日在眼。有時白雲起，天際自舒捲。心中與之然，托興每不淺。」終南山在唐代帶有強烈主流文化的印記而極具地位，在其背後孕育著濃厚的宗教與政治意味，這與唐代文人的崇道狂迷、隱逸文化、尚佛之風，密切相關。巍巍終南山，經過無數文人墨客的描摹塗鴉，正多元角度地展示著它的姿彩。

文學創作，貴在用個別視角窺視全局風采，漫天撒網似的刻畫反而會磨滅事物的特點。劉勰所謂「以少總多」和古代畫家們提倡的「意餘於像」正是如此。

「太乙近天都，連天接海隅。」一下筆便充滿了大氣磅礴的誇張與想像，從遠處平地眺望，終南山之偉岸似乎直逼天際，宛如支撐起天與地之間的巨人；而橫掃山巒遠影，西起甘肅天水東止河南陝縣的終南山綿延不斷橫亙中華大地，神龍見首不見尾的錯覺讓人以為這山巒似乎快要瀕臨海隅。

「白雲回望合，青靄入看無。」更可謂是寫景中的高妙之筆。審視的視角從上句中的遠觀步步移近，腳步抵達的地方便走出一條路。再回頭看，繚繞雲霧剎那間便縫合了來時的路，處於這濃霧的世界分不真切，恍若置身仙境浮遊於縹緲雲端。遠方的濛濛青靄似乎在召喚著旅人的到來，近在咫尺的景色又恍若觸手可及，當詩人懷著新奇走進茫茫雲海想要一探究竟，然而發現那青靄卻又退了一步，可望而不可即。這種奇妙的境界，對於許多有遊山經驗的人來說並不陌生，可是正是這種難以言傳的細膩感受，在王維筆下用短短十個字活靈活現地描摹出來，讀之無不驚嘆這語言的獨特魅力。

當遊者終於走進了終南山麓，立足「中峰」對於終南從北到南的遼闊也有了獨特的認識。縱目四望八方之景依稀可見，終南山東西之綿遠如彼，南北之遼闊如此，盡收眼底的全景中彰顯著千岩萬壑的豐富姿態。

正當人們沉迷在終南山的自然之景中時，一句「欲投人處宿，隔水問樵夫」，把人從渺遠的想像中拉回到現實，清幽的景色之中忽然沾上了人氣。「欲投人處宿」看起來有些突兀，而承襲上文，細品原因，正是終南山的美景讓作者流連難返，忍不住想要暫住於此，約定待到明日定要再來一番遊覽，詩人避鬧好靜，也不難於言外得之。

初入這陌生的地方，自然要向當地人問起投宿之處，丁丁的砍樵聲隔水穿過，自然讓詩人有了詢問的對象。循聲而望，高聲放言，樵夫從濃密的樹林中露出了身子，用手指著住宿的方向。細細品來，頗有些「借問酒家何處有，牧童遙指杏花村」的味道。正如王夫之在《姜齋詩話》中讚道：「『欲投人處宿，隔水問樵夫』，則山之遼闊荒遠可知，與上六句初無異致，且得賓主分明，非獨頭意識懸相描摹也。」

山靜如子，而韻味別致。文人怡情於自然山水，在與山水親近的過程中捕捉心靈的觸動。在王維的精心雕琢下，無論是那白茫茫的青靄雲霧還是山中的綠水樵夫，都化作了風景畫的一部分。從遠處的寫意到近景的工筆，再襯上遊山時候歷經的一絲驚喜和歡愉，墨色鋪陳出一條美麗的自然之路。

卷九
禪心內・何處惹塵埃

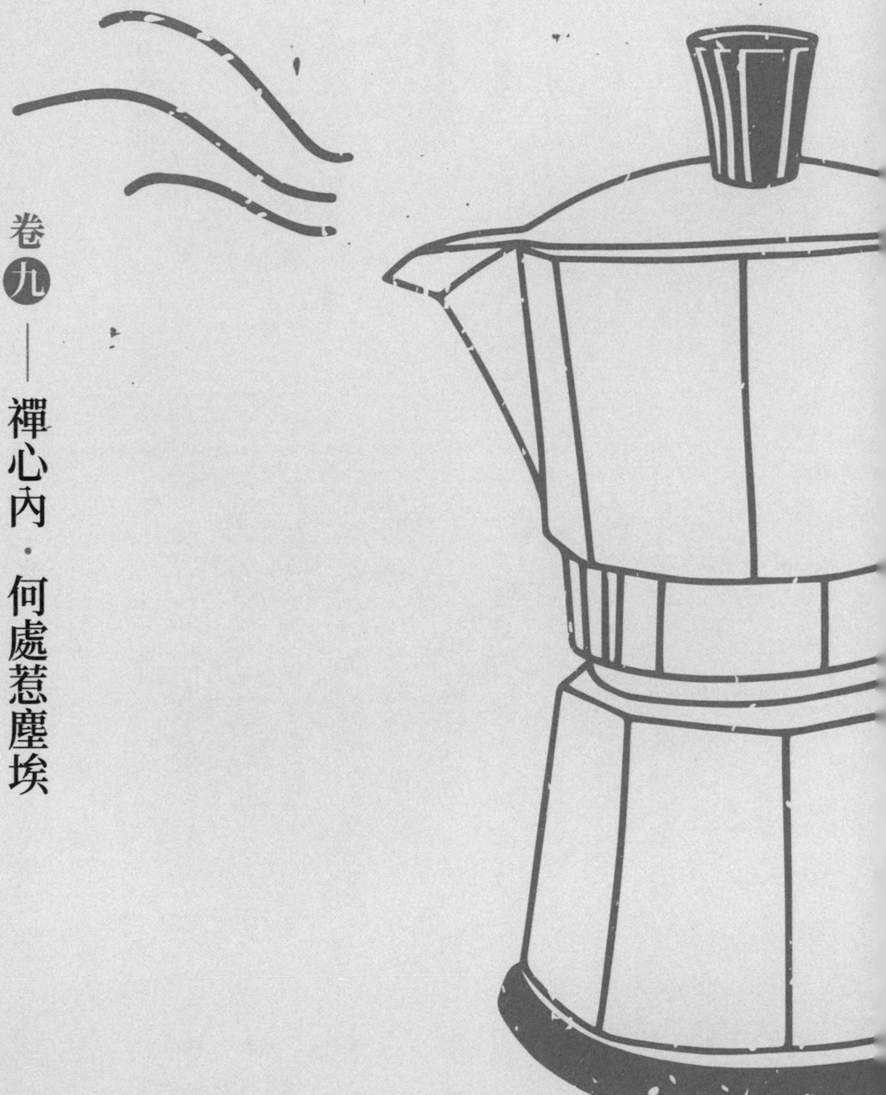

澄江明月內，應是色成空

——迥然出塵的灑脫

〈江中誦經〉　張說

實相歸懸解，
虛心暗在通。
澄江明月內，
應是色成空。

當逐名追利之風恣意瀰漫在當下社會中時，有人說，這是個信仰錯落的時代。「信仰」這個詞語似乎已經距離我們越來越遙遠了。伴隨著信仰的遠去，同樣丟失的還有人心中殘存的那一點溫情和敬畏，當人們重新回到這些浩如煙海的古典文化中時，正在以一種特別的方式洗滌靈魂中的渣滓。

在讀張說的這首〈江中誦經〉之前，曾在《心經》中看過「色即是空，空即是色」的說法。目之一切為空，得之一切皆為虛妄。在張說的解讀中，無論是佛性、法性還是真如、法身一切都是真實的，卻又是難以用凡人的視覺觀感直接把握的，於是佛教諸法所傳授體相的真實意義便被懸置起來。這種只可意會不可言傳的神祕意境是人在通達悟道必經的障礙，亦只有懸置起個體的各種雜念，讓六根真正回歸清靜，才能排除心中的一切，當下悟道。

正所謂「一切萬法，緣起性空，自性是空，畢竟是空，當下即空」。在江中泊舟裡枯坐良久，當詩人張說從讀經悟靜的世界中回過神來，一抬頭便是澄淨如洗的江面上倒映著如琥珀般的月影，月色追著小船悠悠地蕩漾。這般萬籟寂靜的和諧之景讓他忍不住將佛法體悟與自然的神祕結合起來，整個身心似乎都與澄江月色融合在一起，也同樣是恍若人間仙境，絕塵而頓悟了。

唐朝是一個佛教盛行的時代，生活在當時的文人難以拒絕來自於大時代的思潮影響。生於武則天時代的張說才氣超人，因對策拔擢第一而被授予太子校書一職，後因忤旨不遵、不附權貴，多次被罷免官職。躋身官場難免周旋於各種權力間的爭鬥，在宦海之中的沉浮跌宕對他來說已是尋常事。生活的悲欣交集讓他對於人生冷暖有著獨特的體悟，當現實的困境讓人沒有辦法找到指引前行的路，他轉而寄身於宗教的信仰，在精神家園中摸索出希望的出路。〈江中誦經〉裡不僅是他讀經的一時之感，更是在沉澱了無數人生閱歷之後，昇華了的人生體悟。

凡是佛教徒都知道，誦經不等同於讀經，不是無意義地語言復讀，而是在一種寂然的境界中，尋找經文與讀經者之間靈魂的合一。若是懂得誦經訣竅的人，在一次誦經中就可以獲得一種修法圓滿的功德，經歷了「觀想法會聖眾」、「修供養」、「修皈依」、「發菩薩心」、「安住」、「回向」六個環節之後便能獲得某種精神上的妙悟。

手捧經書，想像著自己如同身臨這部經典的法會場所，去體悟傳經人甚至著經者所親歷的一情一景，盡可能貼近經文的原生場域。當把一切諸佛聖賢等眾都觀想出來之後，便要開始修行供養。在意幻中供養三寶，亦可如供養現世的功德。要能夠與經書之境融為一體，前提是懷著誠摯的心對三寶之法呼應皈依，以謙卑大乘的姿態而追求心靈的淨化。經書中的一個個字符彷彿是一盞盞明燈，夜空中無數的明燈集聚成一片光明，照亮了內心的徬徨與陰暗。在這種靈魂的滌蕩中，世間雜念的紛紛擾擾都被切割分解，置身其中卻能超然物外，或許這便是到達了「色即是空」的最高境界。

這是個最好的時代，也是最糟糕的時代。物質的發展抵達了膨脹鼎盛的巔峰，然而精神的匱乏卻讓人忘卻了原初將要奔向何方。

文字之外，讓我們忍不住藉著佛學與信仰的名義思考人生的意義。何為意義？在我看來，所謂意義就是作為個體與世界追尋某種聯繫過程中的積極主動關係。世界很大，萬物太多，可是對於一個個體來說，我們所需要的不過滄海一粟而已。當一個人能夠清楚地認識到自己想要的，不妄求無貪慾，自然也就隔斷了苦痛之源；可是假若將目光永遠覬覦在不屬於自己的宏闊滄海，個人淪為金錢物慾的僕奴，這種可望而不可即的現實與慾念之間的裂縫最終會把生命帶往罪惡的深淵。一個「短視」之人的言行往往侷限在自私的眼前利益，在經歷了一系列的因果輪迴之後，也終將吞下自食釀下的惡果。

從短短的一首〈江中誦經〉看開去，佛學大智猶如一掬清洌的泉水緩緩滋潤過心田，世間的五味雜陳經過熏染洗滌，在眾生的心靈上折射出不一樣的光彩。

寧知人世裡，疲病苦攀緣

——功名利祿有如猴猿攀木

〈酬暉上人秋夜獨坐山亭有贈〉　陳子昂

鐘梵經行罷，香床坐入禪。
岩庭交雜樹，石瀨瀉鳴泉。
水月心方寂，雲霞思獨玄。
寧知人世裡，疲病苦攀緣。

武則天長壽元年（六九二年），以繼母丁憂暫解官職的陳子昂重新回到了闊別已久的故地重居。是日秋夜，暮色低沉，寂然如水。陳子昂踏著朦朧月色，前來拜望在山亭中打坐的老友大雲寺僧圓暉。

《摩訶般若經》說：「佛言，若菩薩一心行阿耨菩提，心不散亂，是名上人。」圓暉上人德行高遠，佛性敦厚，與陳子昂之間友誼甚篤。時光荏苒，圓暉上人專攻於自身佛性修煉，而陳子昂則在官場之中也甚為繁忙；屈指算來，距離上次相見，已是多年。老友相見，情誼深重，彼此之間分享分手多年來的悲欣苦樂，分享著對於人生的感悟體會。情到深處，忍不住互相贈詩一首，伴著這清風明月，話一話心中無限苦樂事。

圓暉上人的贈詩寫的是坐禪之事，而陳子昂的這首〈酬暉上人秋夜獨坐山亭有贈〉亦是從坐禪中落筆開來。從午後誦經到黃昏行經，而後夜晚禪定日常佛事，圓暉上人的生活安排得坦然有序。在圓暉上人禪坐的院落裡，鬱鬱蔥木雜然而立，凌亂無章；汩汩清泉從岩石的間隙中傾瀉下來，這動態的韻律不可捉摸卻不斷地衝擊著人的靈魂，反襯之下越發彰顯幽寂的禪意。這禪意不僅僅來自環境的靜寂，更是從圓暉上人的內在魂靈中折射出的光彩。從心波平靜到智慧現前，如同水面清靜之時倒映出的朦朧月影。就如《圓覺經》所說的「知幻即離，離幻即覺」，依靠智慧，觀察到諸法本無實在意義，這「思獨玄」的妙處恰恰在於了知無論雲霞聚散遮露，青天從來不變，如同真如佛性，「不生不滅，不垢不淨，不增不減」（《心經》）。

可是對於大多數人來說，佛學中所言的真如之境是可望而不可即的。塵世的紛紛擾擾大抵成為人現實生活的全部，世人不能如圓暉上人一般清除萬般雜念遠離幻法，只能在這被慾念侵蝕了的人生中飽受病苦的攀緣，實在是無奈又可憐。從高僧之處落筆，反思現世人生，最末一句闡釋的「何謂病本？謂有攀緣」之理給人以振聾發聵之感。

人是一棵會思想的蘆葦。關於物慾與個人的關係向來是人們津津樂道的話題，作為塵世子弟，或許沒有辦法真的做到視金錢如糞土，可是至少不至於落得「疲病苦攀緣」的境地。

沉淪在這個世界中的每一個人，難以脫離對物質的依賴，從柴米油鹽到衣食住行，都在為了滿足物質的需求而奔波，這是一個人對於生命渴求的基本本能，本就是無可厚非的。可是細細想來，在宇宙間難以計數的事物面前，並不是每一件都對人有意義。所謂意義，是在兩者的聯繫與交流中產生的，當我們身處某個藩籬中無從自拔的時候，不如重新思考物與我之間的關係，慾望正是由於人之追求與願望無法達成之間的裂縫而產生的。

追求是鼓勵個人不斷奮進的動力，更是推動這個社會滾滾向前邁進的推助力。然而對於很多人來說，當花費了太多的時間和精力汲汲營營地與一些本該不屬於自己的物體建立聯繫的時候，這些追求儼然已經成為生活的負累，生命的意義在這種盲目的追逐中漸行漸遠。

陳子昂在〈酬暉上人秋夜獨坐山亭有贈〉的末句「寧知人世裡，疲病苦攀緣」裡寫下一聲沉重的嘆息，以「寧知」這一反問轉入傾吐自身的嘆惋和隱痛。身體之疾需良藥來醫治；可是心靈之疾則需要更多通過內心靈魂的自我醒悟來洗滌。詩人痛感自己的心靈疾病，為了功名利祿猶如猿猴緣枝攀木，忽此忽彼，其苦難言。於是求助於佛家信條成了詩人自我療傷的獨特方式，在對佛界無比嚮往之中又蘊含著對圓暉上人的無比敬仰之情。

全詩由圓暉上人坐禪立定下筆，及至自我內心情感的抒發結語，短短幾句，自然從容。清幽之景與人心的和諧形成某種內在對照，頗有契合之感。渾融一體之中由圓暉上人而聯想個體命運，反思自身靈魂，對比強烈。這精巧的結構、頗有深意的表達讓這首〈酬暉上人秋夜獨坐山亭有贈〉每每讀之都發人深思……

看取蓮花淨，方知不染心

——出淤泥而不染的高潔

〈題大禹寺義公禪房〉　孟浩然

義公習禪處，結宇依空林。
戶外一峰秀，階前眾壑深。
夕陽連雨足，空翠落庭陰。
看取蓮花淨，應知不染心。

蜿蜒至空幽寂寥的森林深處，樹木盤旋而上鬱鬱蔥蔥。草木新生的氣息混雜著帶腥味的泥土，悄然瀰漫在每一絲空氣中。森林的深處寂靜無聲，難聞人語。隱立在密林深處的禪房似乎將佛教中的清幽靈氣融入了景色之中。

此處禪房，正是義公高僧的坐禪之處。窗檯几淨，草木清幽，門外傳來的翠鳥啼鳴之聲洗刷著塵世的雜亂，滌蕩著人們的魂靈。孟浩然在這座禪房中邂逅了義公高僧，忍不住記下這首〈題大禹寺義公禪房〉。

放眼門外秀麗山川，挺拔的英

姿如同筆挺待檢的戰士，漫山遍野的濃濃綠意讓人恍如身臨仙境，清新之氣撲面而來。禪房的前面恰是深邃高雅的山景，在這座坐落在山林中的禪院台階前，爬滿了深深的溝壑，縱橫的山谷一層層地鋪展開來，如同歲月在智者臉上留下的滄桑痕跡。踏著這一層層的溝壑走入禪房，青煙裊裊中只見一位高僧青紗披身、雙目微閉，口中似乎唸唸有詞，卻未聞其聲，坐禪入定良久而巍然不動。當孟浩然踏著輕盈的腳步來到此地，瞻仰高峰、注目深壑，一種斷絕塵世俗念，引人神往物外的志趣在心頭油然而起。

此時正是雨過天晴，秀美山川經過新雨的洗滌，格外透露著清淨新穎之氣。微醺的春風帶來一片鳥語花香，與這叢林掩映之中的盎然綠意交相輝映。當夕陽漸漸地沉入兩山交界的地方，半邊天空都被染紅，晚霞夕嵐，相映絢爛。未幾，幾縷未盡的雨絲悠然拂過，陣陣涼意猶如從綠色的遠山裡生發出來，讓人神清氣爽。禪房庭上，和潤陰涼，人立在其中，猶如在接受著天地自然之光的洗禮。

描寫至此，大多數的筆墨已然沉浸在漫無邊際的山景之美中。山水之美讓人流連忘返，及至一句「看取蓮花淨，應知不染心」忽而將人的思緒從渺遠的想像裡拉回了現實，禪房美妙的山水環境，高僧義公清高的眼界襟懷，相映成趣，相輔相成，都已經恰到好處。詩人用一筆道破，寫景之筆實際上在寫人，讚美景色實際上也在讚美人格的高尚。此處的「蓮花」

清淨香潔，不染纖塵，濯而不妖，恰如佛眼明麗。高僧義公在如此美妙的山水之境中修築禪房，足以可見他具有佛眼般清淨的崇高眼界，方知他懷揣著青蓮花一般的超凡脫俗纖塵不染之胸襟。這寫景的用意被點破，轉而化為更高層次的主題。

能夠對高僧的禮佛坐禪之事產生如此細膩入微的感受與體悟，與孟浩然本身的人生際遇休戚相關。沐浴著盛唐的光環一路走來，青年時期的孟浩然辭親遠行，漫遊在山水江河間廣結好友，干謁公卿名流，以求遇到伯樂賞識自己的才氣。然而孟浩然雖然有入世之志卻處處碰壁，政治上的困頓失意像一張無形的大網緊緊地遏制住命運的咽喉，他覺得要被這種無形的力量困住了。潔身自好的孟浩然，始終不肯委身於趨承逢迎的苟且之事，在人格的毀譽與事業的成敗之間艱難抉擇，最終他皈依了詩意的棲居生活，將政治上的不快消融於山水田園的瀟灑自由之中。

鹿門山是詩人孟浩然靈魂的歸屬之地，在這裡，他耿介不隨流俗的性格與清白高尚的情操有了依自由而生的資本，為後人所傾慕。好友李白曾經在〈贈孟浩然〉中慨然讚道：「紅顏棄軒冕，白首臥松雲，高山安可仰，徒此揖清芬。」在唐代的眾名士中，隱居之潮蔚然成風，只是在別人的生命敘事中，隱居一說不過成了一種奢望而已，在更多人眼中，卻也變成了引以為傲和炫耀的資本。可是在孟浩然的人生定義中，所謂「隱居」卻成了完完整整的事實，他用這種方式在仕隱矛盾之中尋求某種內在的平衡，也在詩歌的世界向人們剖析靈魂，用活景與真情的完美契合把握住鮮活的生命，在這種旋律的震顫中抵達永恆。

一切佛法知見，皆成與世間學問知識無異。不修定無以生智慧，不能斷煩惱，對境臨之事不能起作用。當孟浩然悄然踏進藏在深山中的禪房，偶然邂逅的秀美山川與坐禪高僧，倏爾點燃了生命中一直潛藏於心的一道風景。佛言道：「一切皆有法，如夢幻泡影，如露亦如電，應作如是觀。」佛經上常有一句話，聚會必有消散。物來物往，熙熙攘攘，本非人之所固有，亦非人之所恆有，凡夫的所見所知是被戲論所亂的虛誑妄取之相，絕非實相。得之我幸，失之不悲，以般若之智剝開層層迷霧，真正體悟到生命的本真，才是真正將人隔絕於事物之外，不為事物所負累。

一個人修道或者讀書，自然每一步都在提升著自己的境界。眼前所悟到的境界裡包含著一切境界的縮影，當人修行到了某一種境界的時候，自然也就抵達了另一種人生的境界。或許我們很少有機會如孟浩然一般親歷高僧坐禪的修煉，然而卻在這樣一首詩歌中用文字般若的方式淘洗靈魂，眼界頓時煥然一新。

坐覺諸天近，空香逐落花

——通感的藝術

〈登總持寺浮屠〉　孟浩然

半空蹐寶塔，時望盡京華。
竹繞渭川遍，山連上苑斜。
四郊開帝宅，阡陌逗人家。
累劫從初地，為童憶聚沙。
一窺公德見，彌益道心加。
坐覺諸天近，空香逐落花。

開元十六年，已經是孟浩然第二次踏入這座繁華的長安城。猶記得六年前因中書令張說之引薦而第一次入京，原本懷揣著滿腔報國熱情與自信，卻被這個隆冬臘月的寒意鞭笞得體無完膚。嘆無人舉薦，歲月蹉跎，徒有鴻鵠之志卻無法實現。

詩人強烈的進仕之心在殘酷的現實境遇前受創，對於眾多正當盛年的青年們往往是常事，可是這遭人生際遇在孟浩然那裡卻產生了不一樣的發酵效果。對於從未踏上仕途，涉足官場的孟浩然在其如此強烈的功名心求索之下，偏喜隱逸與志存功名之間的思想矛盾正在悄然醞釀。

歷經幾年鹿門歸隱以詩自適的日子過後，開元十六年夏天，孟浩然決心重新撿拾起破碎的夢想，再一次踏上長安這片土地參加科舉之試，而〈登總持寺浮屠〉正是在此時創作而成。

佛家寶塔懸於半空之中，站在寶塔上縱覽遠景，京華之景盡在眼下。渭河兩岸的竹林掩映，濃郁的綠意直直向前，蜿蜒出一道秀麗的水光山色。翠竹依傍纏繞，上苑綿延逶迤，似乎與遠處的山巒交相輝映。一座座帝王公侯的華貴豪宅在京郊之地豎起，阡陌縱橫的田園上，鋪滿了金燦燦的陽光，在陽光的縫隙中，可以看見農夫田舍自然散落。在海納百川的自然世界裡，萬物都在以最本真的狀態平等地接受審視。

身在半空之中的詩人縱覽這一切的景色，望著大地上平等的點綴，一切都如同雜色香花盛開一般綻放著各自的光彩。由眼前之景進而遙想到佛家之事，佛教往往講究從初地至喜歡地修至七地遠行地，須經一大阿僧祇劫，從八地不動地至成佛，還須經一大阿僧祇劫。「累劫從初地」一說正是由此而來。乃至童子嬉戲，聚沙為佛塔，像這樣諸人等，都已經是從佛道滑出。

正如所謂「不積跬步，無以至千里；不積小流，無以成江河」，再高的佛塔也從初地上累土而成，童子聚沙更是不必言說了。「一窺公德見，彌益道心加」，講述初地菩薩窺心性功德在眼前，進而更加精進，以期圓滿實現佛果。聯想此時此刻的自己，因著身在高塔而越發覺得天上之景遙首可及，同時浸潤在佛法的世界中，參悟萬物的輪迴運轉，似乎能夠感受到諸天歡喜，自覺相近，以飄飄揚揚花落人間作結，頗有幻美的氛圍。

當身處半空的孟浩然從高塔上俯視長安城裡的大好河山，於自然的曼妙多姿裡切身感受著成佛學經的過程，眼前之景與心中之情在冥冥之中抵達某種高濃度的契合，言語之間對佛的喜愛之情汩汩而出。

在孟浩然創下這首詩之時，此時命運的結局還未打開，擺在現實面前的無數種可能亟待書寫，早年懷揣著遠大抱負，卻漸漸地一次又一次地在命運轉折點上被拋棄，政治上的困頓失意讓他體會到人生的無常冷暖，現實的打擊讓他回歸到宗教的懷抱，想要從中尋得一番慰藉。在鹿山深林中詩意的棲居，在美麗山水自然風光的滌蕩中拋卻一切煩惱與憂愁，真心頓悟到一切宦海沉浮與名利得失不過是如露如電，轉瞬即逝。

站在總持寺上眺望遠方，往事伴隨著各種悲歡離合的旋律汩汩流淌而來。迎面清風撲面，頭頂三尺青天，舉手似乎可摘天上的雲朵，俯身可逐花叢間的芳香，在卑躬屈膝求一番名利與傲然自恃蔑視富貴之間，他毅然選擇了後者，也就必然學會坦然接受這樣的選擇所帶來的後果，這段難得的隱士生活讓他在詩學上開拓出新的高度，他以耿介不隨的性格與清白高尚的情操而為後世所仰慕，也在史冊中留下一段佳話。

細讀〈登總持寺浮屠〉，雖不如「夜來風雨聲，花落知多少」般朗朗上口，也不似「野曠天低樹，江清月近人」一般意境深遠，卻站在一個特別的角度，由俯瞰之景延伸到所思所想，最終將精神與景物融為一體。這樣的詩作也是孟浩然對於佛教一片赤誠之心的生動展現。

曲徑通幽處，禪房花木深

——一切盡在不言中

〈題破山寺後禪院〉 常建

清晨入古寺，初日照高林。
曲徑通幽處，禪房花木深。
山光悅鳥性，潭影空人心。
萬籟此俱寂，但餘鐘磬音。

唐朝是一個盛產文人詩才的時代，也是一個佛教哲思的時代。在當時，佛教已經成了一種人生註腳，在那個雄心勃勃的時代中，成了許多人尋求庇護皈依的港灣。這首〈題破山寺後禪院〉便成了人們口耳相傳的經典之作。

曾經在杜牧〈江南春〉中出現過的「南朝四百八十寺，多少樓台煙雨中」之景似乎在這個佛教盛行的時代重新再現，一座座的佛寺禪院見證了詩人們探索的腳步與飄逸的思緒，也見證著他們筆下的文字化作一首首詩歌，流芳百世，亙古不息。

破山在今江蘇常熟，寺指興福寺，是南齊時郴州刺史倪德光施捨的宅院改建而成，到了唐代，古寺已經積澱了歷史的遺跡，記載了無數的過客故事。常建此詩中抒寫的清晨遊寺後禪院的所觀所感，筆調十分古樸，描寫潔淨別致，意境渾融，藝術上相當完整，不愧為盛唐山水詩中獨具一格的名篇之作。

跟著常建的這首〈題破山寺後禪院〉，緩緩地打開一幅古老的畫卷，一片風景呼嘯而過……讓人體會到這特定境界中所獨有的靜趣。

初晨的寒氣直逼樹林深處，當詩人悠然信步地踏進這座古老的寺院，一股歷史的陳舊感撲面而來。寺廟上斑駁的牆皮在歲月裡剝裂，彷彿聽到乍得一聲響迸出微光。旭日東昇，從天的盡頭緩緩地探出了頭，於是初陽洩漏出的鵝黃色光輝暈染開來，無論是近處的寺院還是遠方的青山，朦朦朧朧的那層面紗開始被掀開，忽而整片朝霞的色彩都壓了下來。「叢林」之意在佛家偈語中有僧徒聚集之意，於是此處的「高林」亦兼暗含稱頌禪院的意思。這普照山林的初陽似乎成了某種啟蒙佛光的象徵，言語之間詩人對佛宇的禮讚之情溢於言表。

從掩映的竹叢中撥開一條小路，從盎然綠意中穿越而過，就一步步走進了禪院的深處。幽深的庭院裡寂寥無人，遼遠的天空靜穆地注視著園子裡的古木的門窗、泛黃的書卷甚至那層層疊疊鋪下的灰塵，一切都彷彿被歷史凝固了似的。圍繞在禪房周圍的花木繁茂又繽紛，眾星捧月般籠罩著這個神聖的誦經禮佛之地。這肅穆的氣氛，讓人增添了幾分敬意；這樣幽靜美妙的環境，讓詩人忍不住讚歎，深深地沉醉其中。

漸漸升起的朝陽之光俯視著整座禪院，這種升騰起的明媚色彩給整片天空帶來了新鮮的氣息。舉目望見寺院後面的青山像是重拾了青春朝氣，煥發著日照的光彩；飛鳥在朝霞的柔波裡盤旋雀躍，似乎在慶祝新生之日的到來。低頭望見清清水潭邊的掠影，只見天空和自己的身影在水中湛然空明，心中的塵世雜念頓時被洗滌一空。精神上的純淨愉悅之感通透全身，面臨此情此景，詩人頓悟到空門禪悅的萬千奧妙。

此時此刻，萬物都皈依沉默靜寂之中，彷彿一切的時空都在這一刻消失不見，人的思緒在寂然裡切割成千絲萬縷，漫無邊際地無聲紛飛。這一世界與那些紛紛擾擾的名利世俗全然隔絕，以最大的胸懷承載著世間的可能性。這種神祕的靜謐之中，驟然響起一陣敲鐘擊磬之聲，劃破了清晨的沉默，喚醒了沉睡的青山與草木；以動襯靜之筆，營造了一個萬籟俱寂的境界，這與王維筆下的「蟬噪林逾靜，鳥鳴山更幽」頗有異曲同工之妙。自然與人世間的一切聲響全都寂滅了，只有鐘磬之音，悠揚而洪亮，深邃而超脫。這悠揚而洪亮的佛音猶如黑暗之中忽顯的明燈，照耀著心靈裡陰暗的角落。詩人欣賞這禪院幽美絕世的居處，領略這空門忘情塵俗的意境，寄託自己遁世無悶的情懷。

在這種色彩與動靜交織的世界中，有情有態的景物渲染了佛門禪理滌蕩人心、怡神悅志之用，在給讀者帶來獨特審美體驗的同時，也將人的精神帶入幽美絕世的佛門世界。翠竹幽林沐浴在燦爛朝陽之中熠熠生輝，炫人眼目；頗有一種沉浸於佛理啟迪中的隱喻。

身處盛世，這種迷醉在繁華熱鬧中的孤單格外突兀，於是許多人開始轉向隱居生活抑或是在佛教宗義中尋求超脫。盛唐山水詩歌大多歌詠隱逸情趣，懷有一股悠閒愜意的情調，然而卻各有風格特色。常建的這首〈題破山寺後禪院〉正是在悠遊之景中書寫心靈頓悟，具有盛唐山水詩的共同情調，但是風格卻頗為閒雅清靜，與王維詩歌的高妙、孟浩然詩歌的平淡都迥然相異，確屬獨具一格。

此詩的頷聯曾格外得到歐陽修的讚賞「欲效其語作一聯，久不可得，乃知造意者為難工也」。及至後來，偶然機會六一居士暫駐青州一處山齋宿息，得以親身體驗到「曲徑通幽處，禪房花木深」二句所寫意境情趣，與多年前讀到的常建這首詩產生了共鳴。常人遇此景，心有慼慼而莫獲一言，待讀到常建之詩，便心生恍然頓悟之感，將難言之情孕育於筆下，是謂真作。

行到水窮處，坐看雲起時

——生命本是一場美麗的邂逅

〈終南別業〉　王維

中歲頗好道，晚家南山陲。
興來每獨往，勝事空自知。
行到水窮處，坐看雲起時。
偶然值林叟，談笑無還期。

巍巍終南山，層林盡染漫山綠意，細碎的陽光微籠著這片樹林，翠綠色的水晶在叢林中斑斑點點地閃耀著。

在秦淮大地上蜿蜒盤旋的這條長龍，自陝西寶雞眉縣至西安藍田縣綿延數百里，以博然的胸懷吸收天地精華孕育著美麗風景的同時，亦以道教全真派發祥聖地而聞名於世。在宋人所撰的《長安縣誌》中曾經讚頌道：「終南橫亙關中南面，西起秦隴，東至藍田，相距八百里，昔人言山之大者，太行而外，莫如終南。」至於它的麗肌秀姿，更是以千峰碧屏盛景張揚著婀娜多姿的姿態，深谷與高峰比鄰而立，幽雅誠美，令人陶醉。唐代詩人李白在詩歌中放言：「出門見南山，引領意無限。秀色難為名，蒼翠日在眼。有時白雲起，天際自舒捲。心中與之然，托興每不淺。」

如此天然絕景，自然是文人墨客筆下少不了的讚頌對象。在眾多唐詩名篇之中，終南山的名號在王維的這首〈終南別業〉中赫然打響。

歲月漸漸抹去了詩人身上懷抱的雄心壯志，對於一切禍福得失的洗禮，晚年的王維開始以一種淡然而清淨的旁觀者眼光審視。臨近晚年，王維已經官拜尚書右丞，經歷了以往仕途中的跌宕起伏，哪怕是現在的富貴名利亦讓他看淡世事，冷眼而望。身居高位讓他得以有機會親歷統治階級高層官僚內部為了爭權奪勢而觸發的各種血雨腥風，政局反覆動盪的變化，讓他早已看透仕途的艱險，浸淫在佛學的世界中，潛心自修，想要擺脫這個煩擾塵世的束縛。於是，這終南山的輞川別墅便成了詩人亦官亦隱的最後歸宿，對於王維來說，此處猶如拋離人世煩擾的靜寂之地，在其中吃齋唸佛，悠閒自在，那種自得其樂的閒適情趣躍然詩句之間。

一句「中年頗好道，晚家南山陲」總結了許久以來的人生經歷，中年以後的王維漸漸厭倦了塵世中烏煙瘴氣的官場生活，在佛學的世界中尋求靈魂的慰藉；及至暮年，他搬遷到了輞川別墅，周遭山清水秀之景讓人心曠神怡。在他寫給好友的信中說：「足下方溫經，猥不敢相煩。輒便往山中，憩感興寺，與山僧飯訖而去。北涉玄灞，清月映郭；夜登華子岡，輞水淪漣，與月上下。寒山遠火，明滅林外；深巷寒犬，吠聲如豹；村墟夜舂，復與疏鐘相間。此時獨坐，僮僕靜默，多思曩昔攜手賦詩，步仄徑、臨清流也。」

面對此情此景，每每興致勃起，總會獨自一人寄身於山水田園中暢遊，賞景怡情，往往自得其樂。生活中的景色都在詩人的眼中閃耀著斑爛的色彩，正是擁有一雙善於發現美的眼睛，才能夠讓生命不缺少美麗的風景。這種隨心所欲的漫遊生活是明亮而豁達的，或是沿著溪流信步而走，聽水聲潺潺，看泉流撞擊岩石扭動腰肢；或是靜坐一處，沐浴著柔暖的陽光，看雲卷雲舒，聽自然世界的竊竊私語。一切都像是消融在天地間，卻也是在這種出奇的自由放鬆中回歸到自己的本真狀態。

在這樣閒適環境中生活的人們，自然沒有了曾經官場之中的那番爾虞我詐與勾心鬥角，興之所至的不僅僅詩人自己，偶然在林間邂逅的老叟亦是言笑晏晏，開朗達觀，於是心境澄澈的兩位有心人在此地相遇，交談甚歡以至忘記歸期。生活之中無論遇到的人或是景，處處都顯示著無心的巧合，更顯出心中的悠閒，如行雲般縹緲無蹤，如流水般自由流淌，行跡毫無拘束。

當王維徜徉在美景之中，將心頭的千思萬緒化作詩中文字，我們也徜徉在他的文字中，心中波瀾萬千。筆走龍蛇間，似乎可以看到一位天性淡逸、超然物外的老者，已經學會擺脫凡塵俗世裡的煩憂束縛，在充滿詩意的棲居裡探索生命的另一種存在方式。

〈終南別業〉一詩中並沒有耗費大量筆墨用於景色的描繪，而是著重在表現詩人隱居山間的悠閒自得的心境。他不僅是一位出色的詩人，更是生活的智者，所謂「行到水窮處，坐看雲起時」正是這樣的參悟。自然之境往往是人生歷程的折射，在生命過程中，無論是經營愛情、事業還是學問，都必然要懷著勇往直前的態度，可是在不斷地摸索未來的過程之中，也常常會發現事與願違，付出無數努力之後，迎接自己的竟然是一條黑暗的絕路；這樣的挫折並不是終結的宣告，若從另一個角度來看，卻是開啟嶄新道路的開端，當一種可能性被隔絕之後，就意味著另一種可能性的打開。望向天空，望向遠方，為自己的靈魂插上騰飛的翅膀，也讓自己有機會能夠重新審視這個世界的豐富多元形態。

藍田輞川記錄了詩佛王維的悲與喜，也見證了他在此處留下的精神之光；王維的自由不羈不是僅僅來自於環境形塑，更在於內心的舒展和境界的放大。

卷十

志難酬・弦斷有誰聽

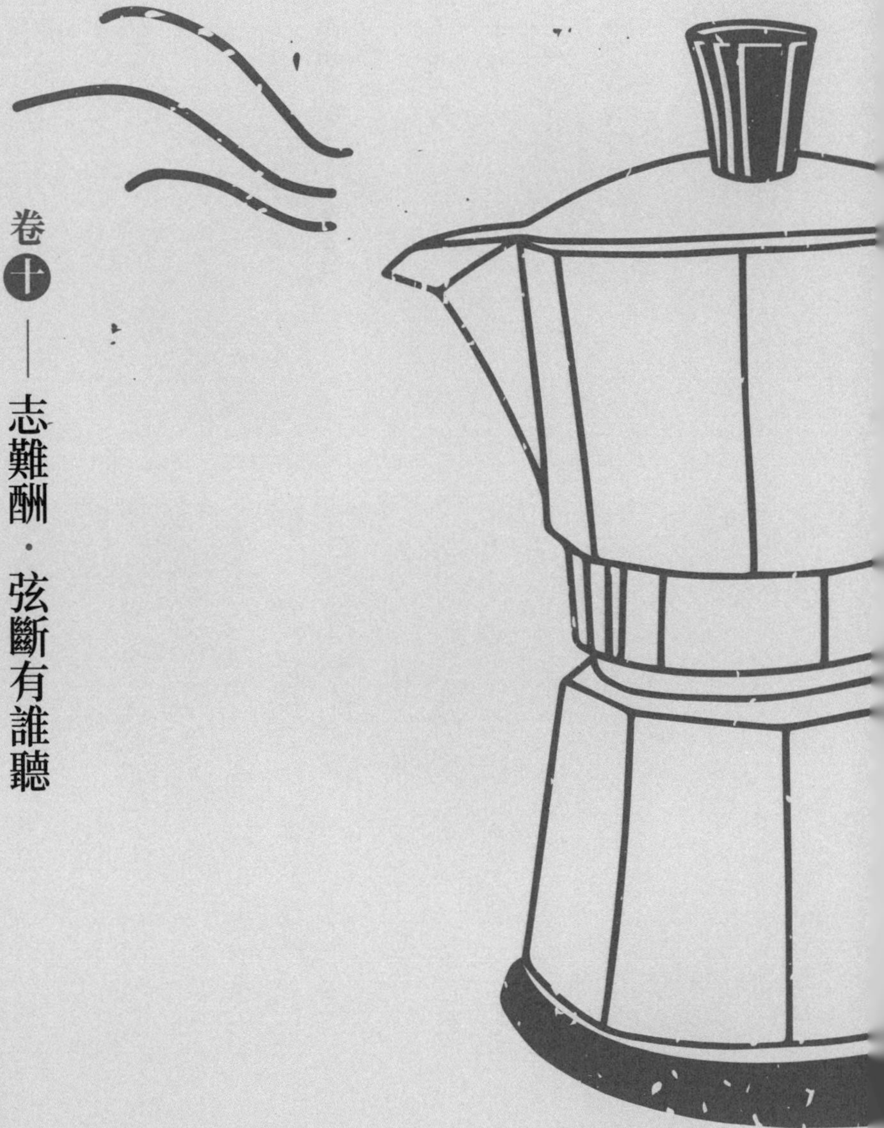

念天地之悠悠，獨愴然而涕下

——何處有明君

〈登幽州台歌〉　陳子昂

前不見古人，
後不見來者。
念天地之悠悠，
獨愴然而涕下。

開天闢地的一瞬，癲狂了整個世界的秩序，遠溯往昔未見如此景象，想必未來也難以再現這種瘋狂。當生命身處在蒼茫天地間，穹頂之上是皓月與繁星，它們閃露著靈魂深處的微光，立身於天地間，赤條條的生命穿過悠悠時光，歷經千年，不變的是生命個體的孤獨與蒼茫。地的遠方是延展，天的無窮處是更遙遠的呼喚。

一首〈登幽州台歌〉成為千古絕唱，一股強烈的孤獨意識從陳子昂的內心深處噴薄而出。懷才不遇又寂寞無奈，於此，孤獨意識，也成為他思想的核心。

當陳子昂登台遠眺之時，只見蒼茫宇宙天長地久，任憑生命輪迴流逝，不禁內心感慨萬千，悲從中來，愴然流淚了。詩人看不見前古賢人，古人也沒來得及看見詩人；詩人看不見未來英豪，未來英豪也未能看得到詩人。詩壇污濁，陳子昂空懷一腔雄心壯志卻難以抒發，失意的境遇和寂寞苦悶的情懷成為生命的基調，這種悲愴常常為一代懷才不遇的士人所共有，因而獲得廣泛的共鳴。楊慎在《升庵詩話》中讚道：「其辭簡質，有漢魏之風。」

所言或是皆人心中所想，然而落筆卻絕非等閒之輩，其獨特的藝術表現也可謂是空前絕後，從這一點來看，也可謂是「人人筆下所無」。據盧藏用《陳氏別傳》來看，本詩作於另一首〈薊丘覽古贈盧居士藏用〉之後，在〈薊丘覽古贈盧居士藏用〉一詩中，陳子昂曾經慨嘆道：「逢時獨為貴，歷代非無才。隗君亦何幸，遂起黃金台。」而對於宇宙時空的慨嘆也許是歷代古文人筆下並不生疏的主題之一。

屈原的〈遠遊〉一詩中就曾經寫道：「惟天地之無窮兮，哀人生之長勤。往者余弗及兮，來者吾不聞。」〈登幽州台歌〉的詠歎似乎就是脫胎換骨於此。

這首詩歌沒有對幽州城風景的一字描寫，只是將登台的感慨如實寫下，個人之情志已經從詩歌瀰漫到整個天地，奔放豪邁的語言風格如滔滔江水洶湧澎湃，富有極強的感染力；雄渾開闊的意境讓人耳目一新，視野開闊，頗有清新凌厲之氣，未著一字寫人寫景，然而景中之情噴溢而出，詩人的自我形象則更加鮮明感人。

全詩雖然只有短短四句話，卻在人們面前展現了一幅浩瀚空曠、境界雄渾的藝術畫面。詩的前三句粗筆勾勒橫縱歷史宏圖，以滄桑易變的古今人事和浩茫寬廣的宇宙天地作為壯美深邃的藝術背景，而第四句帶著飽滿的感情進行衝刺，凌空一筆，讓抒情主人公慷慨悲壯的形象成為整幅畫面的主導，使得整個畫面光彩照人，神韻飛動。

從時間的綿長到空間的遼闊無限，最終的落腳處集中在詩人的幽情愁緒之中。這首明朗剛健的詩篇對一掃齊梁浮艷纖弱的形式主義具有拓疆開路之功，是具有「漢魏風骨」的唐代詩歌的先驅之作。

〈登幽州台歌〉的作者陳子昂乃是初唐時期開風氣之先的詩人。高宗調露元年（六七九年），懷揣著經緯之才的陳子昂離開三峽，北上長安，進入當時的最高學府國子監學習，並參加了第二年的科舉考試。「數年之間，經史百家，罔不賅覽。尤善屬文，雅有相如、子云之風骨」，這為他後來的文學革命奠定了堅實的基礎。

永淳元年（八二六年），學有所成的陳子昂在京城嶄露頭角：「蜀人陳子昂，有文百軸，不為人知，此樂賤工之樂，豈宜留心。」當時的京兆司功王適讀到陳子昂的詩篇後，驚嘆道：「此人必為海內文宗矣！」一時之間，陳子昂聲名鵲起，斐然矚目。

不久之後又傳來陳子昂應科考中進士的好消息。然而命途多舛，因為陳子昂耿直的性格讓他言說之時自由心生，他的文章「歷抵群公」，不顧忌諱，得罪了權貴。一腔壯志豪情結果在污濁的朝政化為子虛烏有，一位偉大的詩人帶著他的剛正靈魂被流放。

陳子昂不僅是下筆激情昂揚的詩者，更是策馬可奔騰萬里的英雄，後來國家處於旦夕禍福之際，陳子昂跨馬北征，手持刀槍劍戟在沙場上浴血奮戰，積極反對外族異域的侵略戰爭。朝堂之上不懼權貴，直言進諫，站在正義的立場發聲，站在百姓的角度呼號，不覺間得罪了當朝執政者的利益，最終遭到無情打擊，落得被斥降職的下場。

適逢壯年，本該實現價值，三十八歲的陳子昂只能帶著滿腔怨憤回歸故里，沒有衣錦還鄉的榮耀，只剩下國事未竟眾志未成的悲愴慘淡。〈登幽州台歌〉這樣的詩作是作者內心積鬱不憤不發的結果。

〈登幽州台歌〉中，個體的孤獨體驗是置於悠悠天地宇宙的背景下渲染的，這種獨特的情感是建立在人類對時空的自覺性基礎之上。人類總是希冀能夠超越時空而獲得永恆，可是肉身的有限始終阻擋不了人的情感想像，哪怕永恆難求，最終不過是一番嘆惋一場空罷了。

「獨愴然而淚下」既是詩人自身感懷傷世之情的寫照，也是一切在混濁世界裡傲然獨醒之人的悲愴，從個體的孤獨登臨者中昇華為人類偉大的思想者的共同形象。〈登幽州台歌〉因此獲得了超越時空的審美價值，成為震古爍今的孤獨者之歌。

也難怪清朝詩論家黃周星在《唐詩快》中盛讚道：「胸中自有萬古，眼底更無一人。古今詩人多矣，從未有道及此者。此二十二字，真可以泣鬼。」

呼兒將出換美酒，與爾同銷萬古愁

——千醉解憂愁

〈將進酒〉　李白

君不見黃河之水天上來，奔流到海不復回。
君不見高堂明鏡悲白髮，朝如青絲暮成雪。
人生得意須盡歡，莫使金樽空對月。
天生我材必有用，千金散盡還復來。
烹羊宰牛且為樂，會須一飲三百杯。
岑夫子，丹丘生，將進酒，杯莫停。
與君歌一曲，請君為我傾耳聽。
鐘鼓饌玉不足貴，但願長醉不復醒。
古來聖賢皆寂寞，惟有飲者留其名。
陳王昔時宴平樂，斗酒十千恣歡謔。
主人何為言少錢，徑須沽取對君酌。
五花馬，千金裘，呼兒將出換美酒，與爾同銷萬古愁。

在西方文化中，尼采曾經特意提到「酒神」一詞，在他的《悲劇的誕生》一書中，酒神是一種獨特的藝術衝動力量，酒神代表著豐盈的內在生命力，是激發藝術、追尋靈魂的源泉。酒神能夠「用一種形而上的慰藉來解脫我們：不管現象如何變化，事物基礎之中的生命仍是堅不可摧和充滿歡樂的」。酒神賜予了人類自信的力量，賜予了人類超然的自由，更賜予了真切的瘋狂。

當理性的光輝隱退，感性、慾望、本能與衝動粉墨登場，正是酒神點燃了藝術的靈感，讓李白筆下的文字化作茫茫天地間脫繮奔騰的野馬，化作順勢而為的行雲與流水，化作事物一切可能的模樣。

酒神成為了連接作者與詩歌之間的著力點，他也在熱切鼓動著目之所及之人的熱情和浪漫。肆意奔湧的黃河之水正從遙遠的天邊澎湃而來，這豪邁雄壯之景未及眼底就呼嘯而過，東逝之後再無回頭路；家中年邁的高堂父母，在明鏡前端詳被無情歲月染白了的銀絲，慨嘆悲傷，卻再也回不去那些轉瞬而逝的青春時光。每一刻都在書寫嶄新的歷史，重返時光路勢比登天還難，這樣的不解和無奈讓人只能空空承受而苦無良策，既然如此為何不抓住此刻，而莫去愁苦未能之事呢？在能夠把握的人生時光裡，理應讓自己縱情歡樂，每一秒鐘只有在當下得到實現才有價值，這也是「人生得意須盡歡」的意義所在。

無論是王侯將相還是鄉野草夫，每個人的出生即帶有自己一定的價值，服務於人類的外在物質不同於某些內在的東西，它們可以失而復得，耗盡而再生。不必拘泥於這些身外之物，我們烹羊宰牛飲酒作樂，窮盡生命的喜悅，無論是岑夫子、丹丘生還是名士權貴，不要吝嗇外在之財，不要拘謹喝酒的豪氣，讓酒神充盈著整個生命，用美酒抵消天下無窮無盡的萬古長愁！

初讀李白的這首〈將進酒〉，頗有一股將生活圖景、表現思想、豪邁感情雜糅在一起的暢快，情與景、意與境都交融在含義豐富的詩篇中，引人暢快之餘深深思索一番人生真理。

詩歌開篇以起興石破天驚，一聲「君不見」的呼喚，巧妙地將讀者引入「黃河之水天上來，奔流到海不復回」的意境之中，隨即空間轉動，又很快出現了「高堂明鏡悲白髮，朝如青絲暮如雪」的動態畫面，兩組誇張的相似句法，一放一收，一來一回，一動一靜，氣勢不凡，具有動人心魄的藝術力量。

當這種悲壯的意境剛剛醞釀將成的時候，詩人筆鋒一轉，隨即「山重水複疑無路，柳暗花明又一村」，詩情由「悲」轉「歡」，尋求了突破束縛的武器，縱然命運難測，然而在酒神催生下的自信樂觀心境是應對人生的法寶，豪壯舉杯、痛快飲酒，享樂人生，最終抵達忘我的生命境地。

若說「人生自古誰無死，留取丹心照汗青」（文天祥〈過零丁洋〉）是對人生價值的堅守，若說「雄關漫道真如鐵，而今邁步從頭越」（毛澤東〈憶秦娥．婁山關〉）是對人生意義的超越，而李白筆下的「人生得意須盡歡，莫使金樽空對月」又何嘗不是另一種生命存在的形態呢？

經過一番澎湃的意境起伏之後，詩人的狂放之情將要抵達高潮，「五花馬」、「千金裘」這些昂貴之物在醉眼矇矓的詩人看來全然失去價值，世間任何東西都不比美酒更加珍貴。以「五花馬」、「千金裘」來換美酒，看似是詩人醉酒矇矓後的妄語，但是詩歌最後一句「呼兒將出換美酒，與爾同銷萬古愁」卻話鋒一轉，詩情畢現，意境深遠。一句「同銷萬古愁」很快讓感性稍稍收回，這奔湧的愁緒很快滲透著酒意襲來，不論是人生短促之愁，還是仁人志士懷才不遇以及人生無常之愁，排遣這些愁意才是作者豪飲美酒的真正目的。不言大志不說空語，將自己內心的真實情感和盤托出，有人愛山水，有人愛女子，也有人愛江山，像李白這般坦蕩的直抒心意，將心中所愛讚頌到如此地步，不可不謂是真誠至極。

半夢半醒間的詩人囈語，將現實世界的束縛一掃而光，將理性邏輯推理之矛盾化為烏有，顯示了詩人獨到的藝術功力和嫻熟的浪漫主義手法。

「李白的一生是複雜的。作為一個天才詩人，他還兼有遊俠、刺客、隱士、道人、策士、酒徒等類人的氣質或行徑。」、「李白的思想也有庸俗，消極的一面，如人生如夢、及時行樂等，這在他的生活和創作中都有所反映。」（見游國恩等主編的《中國文學史》）對於李白，當然不能單憑一句「人生得意須盡歡，莫使金樽空對月」就批判他的生活態度與道德修養，作為一個極具才情的詩人，其對直覺的敏銳把握力、瘋狂的想像力和高超的感悟力，往往使他能無所顧忌地言其所想，發其所感，自由而獨立。

李白的一生與酒結緣，但又不是醉生夢死的酒徒之輩。酒，成了觸發他藝術創作的繆斯女神；酒，成了他不吐不快的發洩口。借酒放歌，澆滅心中的萬古千愁，抒發人生豪氣。李白的藝術氣質與詩歌實踐，不僅給古典文學留下了很多動人的詩篇，成就了一位偉大的浪漫主義詩人，而且豐富了歷代酒文化的內涵。斗酒詩百篇，李白讓酒文化與詩歌藝術聯繫在一起，給酒文化增添了更多的文學藝術色彩，擴展了酒文化的浪漫主義想像空間。

晴川落日初低，惆悵孤舟解攜

——孤舟無所依

〈謫仙怨〉　劉長卿

晴川落日初低，惆悵孤舟解攜。
鳥向平蕪遠近，人隨流水東西。
白雲千里萬里，明月前溪後溪。
獨恨長沙謫去，江潭春草萋萋。

在傳統古典詩歌中，自然一直擔當著獨特的角色，在人與自然的關係中，自然是超越人的意志之上的存在，而人的情志又往往寄寓在自然景物之中表現。

在葉朗的《中國傳統美學的大發展》一書中提道：「很多學者認為中國文化是一種詩性的文化、藝術的文化、審美的文化。因此不研究中國美學，就很難把握中國文化的特徵，特別是很難把握中國文化的內在精神……就不可能深入瞭解和把握中國哲學。不研究中國美學，就很難真正把握中國藝術（含中國文學）的特點和精神，很難對中國藝術作出理論的闡釋。」

藉著創造的幻想，抒發心靈美感以表現人生境界，便是詩歌。在這首〈謫仙怨〉中體現的恰是天人合一的傳統美學氣韻。

柔媚陽光照耀下的江水排遣開一絲絲波紋，落日低垂，染紅了半邊夜幕。踏著低掛在天邊的斜陽，一葉孤舟載著友人離去，排遣不盡離愁別緒。飛鳥向天地極遠處奔去，人隨著流水向四面八方散開。詩人站在岸邊久久凝望著漸漸模糊的舟影，目隨歸舟，漸望漸遠，平野吸入眼底。希冀將白雲散落給萬里千里外的友人，但願明月載著詩人的濃濃思念帶到友人身邊。忽想起漢代賈誼被貶謫到長沙的典故，內心之苦難以言狀，鬱結於心頭的悵恨，既是為友人的慘痛遭遇，也是為自己的不平身世，基於這共同的積鬱，謫中的別恨越發深沉，恍如滔滔江水邊茂盛的野草一般雜亂無章。《楚辭．招隱士》中曾謂：「王孫游兮不歸，春草生兮萋萋。」綿綿春草繫著思念直至今日，想念遠謫在外的友人，望著蔓延不盡的春草，更令人黯然銷魂。

思情綿長悠遠，雲月皎然至純。江水湯湯似也有情，月光皎潔不失情意，原本是抒發對被貶謫遠行友人的思念之情，站在日暮夕陽邊的江水旁，萬千思緒與眼前之景渾然一體，說不清也道不明的思緒都被言有盡而意無窮的景物無限拓展開來。無限意境揭示了歷史上美學中意與境、情與景、我與物融合為一的精髓。「晴川落日初低，惆悵孤舟解攜。」越發顯示出哲學與意境的銜接。

論及這首詩歌的創作背景，歷來解讀此詩者，都認為這是劉長卿回憶起當日為即將貶謫的好友梁耿所創作，然而後來又有人認為，將此詩中的對象規定為梁耿，乃是解讀的謬誤，生平本身無考的梁耿未曾見到有受貶的史書記載，詩歌運用了一個獨特的旁觀視角來審視這一切，而實際上真正解舟而行的被貶之人，恰恰是劉長卿本人。詩人不過是以他人的視角來揣度自己被貶之事罷了。至於所指涉的對象究竟為何，似乎也難以考據，可是這不變的「貶謫遠行」主題卻在劉長卿的筆下又打開了一番別開生面的境界。

詩歌是一種「生命的律動」，一首〈謫仙怨〉激發了內心深邃而豐富的生命精神，人類的內在精神得以進行交流，借此自然淨化心靈，人的靈魂與自然萬物抵達了近距離的相互觀照。

可憐夜半虛前席，不問蒼生問鬼神

——歷史的丑角

〈賈生〉　李商隱

宣室求賢訪逐臣，
賈生才調更無倫。
可憐夜半虛前席，
不問蒼生問鬼神。

《史記．屈原賈生列傳》記載：「賈生徵見，孝文帝方受釐，坐宣室。上因感鬼神事，而問鬼神之本。賈生因具道所以然之狀。至夜半，文帝前席。既罷，曰：『吾久不見賈生，自以為過之，今不及也。』」

《史記》中的這一段記載化作李商隱詩歌〈賈生〉中的典故，記敘了貶謫到長沙的賈誼被漢文帝召回後在宣室（漢未央宮前殿正室）不談國家大事而夜談鬼神。

此時剛剛結束漫長京城求仕生涯，被迫到當時荒垂絕域廣西謀職的李商隱內心萬般寂寥，把失意之際的難言之隱寄予在這首〈賈生〉之中，擔當著知識分子懷才不遇典型的賈誼化作詩人抒情言志的端口，賦詩以述懷。

開篇採用欲抑先揚的手法，一層層撥開歷史迷霧，展開了一幅生動形象的畫面。在求訪名士、收羅賢才的宣室裡，端坐著的是才華絕倫、賢良忠德的人才賈誼。在這樣一番刻畫背後，接下來本該是一番唇槍舌劍、指點江山的宏闊場景，然而筆鋒忽而一轉，從制高點跌落下來。

極具有諷刺意味的是文帝對賈誼的器重並非因為心繫國家大事，尋得人才而虛心求教，這番鄭重其事的場面竟是為了「夜半虛前問鬼神」罷了。本該在君臣之間討論的治國安民之道早已拋在腦後，鬼神魑魅之事卻成了漢文帝鄭重求賢、虛心請教的理由。

漢朝之事已歷經久遠，諷刺昏庸的漢文帝和悲嘆可憐的賈誼當然並非李商隱的最終目的，置身於晚唐的詩人聯繫此世此身，悲嘆的何嘗不是當下的情境。晚唐時期社會動盪、激烈的黨政牽動了整個政局。周旋於牛李兩黨之間的李商隱受命運所迫、為時人所不解，在對立黨羽得勢失勢的交替輪迴中，知識分子的命途也在隨之波蕩起伏。

然而細細想來，周旋於各方政治勢力之間，自己不過是黨爭之中的一枚棋子罷了，最終落得雖有報國濟世之才，但是無法施展、慘遭排擠、不得重用的下場。

賈誼被貶之事在歷朝歷代眾多詩歌中都作為典故引用過，然而唯有在李商隱筆下，不作老生常談，別出心裁地把視角放在了賈誼被貶歸來後在宣室被召見的情景上，立意新穎，發人深思。

〈賈生〉一詩藉著詠歎賈誼的故事，直截了當地批判了當朝統治者不能真正地重用人才，讓他們發揮真正的政治才華。李商隱把自身流落不遇的感慨與賢才不得明君重用的嘆息並列在一起，諷刺的意味悠遠而深邃，引發讀詩之人的冥想沉思。

在李商隱看來，賈生作為賢才一類的代表，在帝王面前顯然是被俯視倚重的角色。本該「問蒼生」——談文論道、濟世報國、兼濟天下、造福蒼生——的職責定位卻成了「問鬼神」，這樣的角色偏移導致「賈生」的自身價值沒有真正實現，自我的知識分子身分也被模糊淡化。

可是對於有志氣的才子來說，十年寒窗苦讀飽覽詩書，能夠有機會進入宣室的原因並非為了博取君主一時歡心，得到飛黃騰達的權勢和無盡的榮華富貴，而是作為一個具有獨立人格的知識分子去實現一點點悲憫濟世的純真理想。

遭遇「不問蒼生問鬼神」的昏聵君主，似也意味著這是一個將少數人的好惡凌駕於蒼生百姓意志之上的社會，從賈誼身上觀照到的是具有良知的知識分子的淒涼投影。

一首〈賈生〉將我們帶回到了千百年前的漢代，卻也立足了晚唐時的喋血烽煙，更給後世以不同角度的感受。碰觸到文人志士靈魂深處對於自我價值實現的重視，感到一股熱流般的渴望。這不僅僅因為他們滿身的才氣，更因為他們靈魂上擔當的豪壯志氣。

欲濟無舟楫，端居恥聖明

——仰慕賢主

〈望洞庭湖贈張丞相〉　孟浩然

八月湖水平，涵虛混太清。
氣蒸雲夢澤，波撼岳陽城。
欲濟無舟楫，端居恥聖明。
坐觀垂釣者，徒有羨魚情。

在清朝梁章鉅的《浪跡叢談》一書中曾經提道：「孟襄陽詩『氣蒸雲夢澤，波撼岳陽城』，杜少陵詩『吳楚東南坼，乾坤日夜浮』，力量氣魄已無可加，而孟則繼之曰『欲濟無舟楫，端居恥聖明』，杜則繼之曰『親朋無一字，老病有孤舟』，皆以索寞幽渺之情，攝歸至小，兩公所作，不謀而合，可見文章有定法。若更求博大高深之語以稱之，必無可稱而力蹶無完詩矣。」這首被拿來與杜甫著名的〈登岳陽樓〉相比較的詩歌正是孟浩然的〈望洞庭湖贈張丞相〉。這首詩體現出非凡的藝術表現張力和撼人心魄的藝術效果，讓人能重新回憶起那個久遠的瞬間。

唐玄宗開元二十一年（七三三年），孟浩然西遊長安，來到這個集聚中外能人志士的神聖之地，自然也吸引了當時年輕有志的孟浩然。初出茅廬的新生代青年沒有堅實的背景，沒有一鳴驚人的機會，不過慶幸的是他結交了許多良師益友。當時青年才俊孟浩然與當時的王維以及朝廷重臣張九齡三人是忘年之交，張九齡身居高位，手握重權，時任祕書少監、集賢院學士副知院士，正是這樣的契機，孟浩然寫下了這首〈望洞庭湖贈張丞相〉一抒心懷，表達內心所念，希望以此得到可以嶄露頭角的機會。

八月，正是雨水集中的季節，湖水滿滿地漲溢起來，幾乎與岸邊持平，湖面上蒸騰的白茫茫水氣瀰漫氤氳開來，升入天際深處，與天空連成一體。洶湧澎湃的波濤從湖底翻湧上來，一浪推著一浪，整個岳陽城似乎都隨著波動而搖滾。就如同想要渡河的行者找不到舟楫一般，我身處在這樣聖明旺盛的時代卻依舊閒賦散居，著實感到羞愧難當。只是閒坐在一旁觀看垂釣者臨淵而漁收穫頗豐，自己居然只能白白羨慕那些被釣起的魚終於找到自己的位置，不像自己始終處於未被賞識的徘徊之中。

面對滔滔江水，詩人不禁感興生懷，想到自己滿腹經綸和滿懷壯志，卻因為缺少一個點亮自己的機會而乏人問津，這不正如同想要渡河卻陷入沒有舟楫的尷尬之境嗎？

這是一首典型的干謁詩，立意出發卻頗為獨特。干謁，顧名思義指的是古代文人為求取功名或顯聲揚名而求見達官貴人，希望他們能夠給予自己嶄露頭角的機會，賞識並舉薦自己，干謁詩歌成了許多文人志士毛遂自薦、聲名鵲起的重要手段。類似於干謁詩的立意，最著重詩意言語的把握，字句詞飾必須拿捏得當，少一分則對方未能領會你的真意，多一分亦會顯得矯揉造作。

孟浩然的〈望洞庭湖贈張丞相〉開篇未露心跡，而是藉以自然景物的書寫鋪陳情緒，使得後來發出的「欲濟無舟楫，端居恥聖明」吶喊變得順理成章，自然落成。不同於那些卑躬屈膝的媚骨奴顏，不同於恃才傲物的清高之徒，更不同於叫苦不迭的乞求者，孟浩然的這首干謁詩寫得情真意切、情采飛揚、毫無卑微矯飾之感，點到為止，含而不露，是干謁詩中難得的佳作。

〈望洞庭湖贈張丞相〉看似一氣呵成，信筆揮灑，然而仔細端倪，詩中的字字句句都是經過飽滿的雕琢。首句中一個「平」字便將人的視野拉開，縱目極望，人的心境也隨之豁然開朗；緊接著「涵」字點出了洞庭湖的浩瀚包容，其與天地相連、與萬物相容的氣勢自然而然躍然紙上，給人以天高地闊、玉宇澄清之感的「太清」之境盡在洞庭湖的包圍之中；一個「蒸」字又給整個畫面帶來一種霧裡看花的朦朧濕潤之氣，而後句的「撼」字隨即賦予了雷霆萬鈞的力量，集顯湖水喧動桀驁的自然威力，凸顯出洞庭湖秋水虎吼雷鳴的勃勃生機。前四句純然的景色描寫之後，剩下的四句便是作者在情感鋪陳之後的直接坦露，所有情緒的落腳點都停留在自我觀察的角度。從「恥聖明」到「羨魚情」，詩人著重於表現自身在價值不得實現的困境中的情感起伏，卻從未苛責對方一定做出何種行為。經過語言的錘煉，巧妙而又委婉地展示出自己的真實意圖，謙遜得當的字句之下暗含著隱忍待發的蓬勃壯志。

〈望洞庭湖贈張丞相〉這首詩中表現出的入仕之心和不甘寂寞的豪逸之氣，不僅在歷史上傳為美談，而且直至今日仍能給予我們很多人生的啟迪。在無數種可能的生活道路面前，每一個人都會有自己的人生選擇，因此形塑了豐富的生命形態，而不管你選擇哪種生命形態，最重要的是要找到自我的身分定位，實現自己的價值。當孟浩然寫下「欲濟無舟楫，端居恥聖明」這樣的詩句之時，自然也是想要尋求一種通達靈魂的通道，讓人能夠真正地探明「我是誰」、「我可以做什麼」的問題，這些看似簡單的問題，實則是每一個人終其一生都在追尋的答案。

出師未捷身先死，長使英雄淚滿襟

——壯志未遂的悲愴

〈蜀相〉　杜甫

丞相祠堂何處尋，錦官城外柏森森。
映階碧草自春色，隔葉黃鸝空好音。
三顧頻煩天下計，兩朝開濟老臣心。
出師未捷身先死，長使英雄淚滿襟。

唐乾元二年春，在鄴城（今河南安陽）爆發了唐軍與安史叛軍之間的戰爭，點燃了安史之亂的戰火，不堪一擊的唐軍在鄴城之戰中潰不成軍，黎民百姓或是忍辱負重地被迫加入戰爭的隊伍，或是遭受生靈塗炭的危機考驗，整個社會猶如一張被撕碎的破網，搖搖欲墜。「滿目悲生事，因人作遠遊。」這一切都被杜甫盡收眼中。不久之後，對當時污濁時政痛心疾首的杜甫放棄了華州司功參軍的職務，帶著一腔熱血悲憤，踏上了西南漂泊之旅。

在好友嚴武的幫助下，成都暫

時成了杜甫的庇身之所，在城西的浣花溪畔，建成了一座草堂，這便是歷史上著名的杜甫草堂。成都是蜀漢當年建都的地方，城西北那座古老的武侯祠成了一代代百姓紀念名相諸葛亮的鐵證，經歷了漂泊，見證了生死，短暫且相對安穩的西南偏居生活讓杜甫漸漸沉澱下來，曾經目睹過的那些鮮血與呼號、悲愴與痛苦常常重新浮到腦海裡，在當下的故事裡許多的歷史影子又再一次上演。唐肅宗上元元年（七六〇年）春天，杜甫探訪了諸葛亮武侯祠，寫下〈蜀相〉這首感人肺腑的千古絕唱。

詩歌一開頭便一問一答，「柏森森」三字將濃郁的感情籠罩全篇，不僅僅是環境上的莊嚴肅穆之意，更是富有歷史的沉重之感。看似詩人是在閒庭信步地尋找「丞相」居住的舊址，而另一方面也在一點點接近歷史的原貌，探尋蜀相的精神。對蜀相祠堂做了一個總體氛圍的鋪設之後，頷聯兩句將鏡頭進一步拉近，置於丞相祠堂內的具體景物上。

無論是「碧草」、「春色」還是「黃鸝」、「好音」都是一種偏向暖色調的描寫，一靜一動，一視一聽，本來也該讓人感到些許暖意，然而畫風突變，橫插出來的「自」和「空」字可謂是驚天劈地，彷佛在豔花外封了一層冰意，生生地讓人心冷卻了下來。茂盛的春草自顧自地展露春色，而美麗的黃鸝鳥也不過白白唱著好聽的曲調罷了，鮮有人至的丞相祠堂在歷史的風霜洗禮下早已被人淡忘了，世事無常，言外之意不禁充滿了嘆惋和可惜，可謂「一切景語皆情語」。

如果說前半段詩歌還是在委婉地將情感隱藏在景色描寫之中的話，那麼後半段詩人的感情就大張旗鼓地鋪陳開來。詩人憶及歷史往事，想當年，正如諸葛亮在〈出師表〉中所說：「先帝不以臣卑鄙，猥自枉屈，三顧臣於草廬之中。」而諸葛亮也並未讓君主失望，輔佐兩代帝王，制定天下計謀，開創時代基業，一時傳為舉賢納士的佳話。百年後佇立在丞相祠堂之外，體味著當年諸葛亮盡忠蜀漢，不遺餘力，鞠躬盡瘁死而後已的精神，詩人不禁感慨萬千，以至積鬱已久的感情在這一刻忽然觸發，致使詩人發出「出師未捷身先死，長使英雄淚滿襟」的感慨。

這一番抒情實則也道出了杜甫遊覽諸葛武侯祠的真正緣由，想如今安史之亂還未平息，在國事危亡之際，懷有「致君堯舜」政治理想的杜甫在坎坷的仕途上請纓無路，屢屢受挫終究無法施展抱負，也難以找到能夠賞識自己才華的知音，流落到西南暫且躲身，前途渺渺未可知，內心的孤獨漂泊之感更甚。此時重遊諸葛亮的祠堂，重新回憶起那段風光的歷史，不禁對丞相之功無限仰慕，倍加崇拜。

〈蜀相〉這首詩明顯看出詩人杜甫渴望參與社會建設、革新朝政的強烈願望。雖然此時寓居成都，過著相對安穩閒散的生活，然而苟且安居並非杜甫的真正追求，報國無門的苦衷與壯志難酬的慨嘆始終糾纏著自己。在一個心懷天下的文人看來，能夠充分施展才能並取得輝煌業績的諸葛丞相才是自己追隨的榜樣。尤其是「出師未捷身先死，長使英雄淚滿襟」兩句引得後人爭相傳誦，反映了那些宏願未遂而含恨辭世的英雄們的普遍心理狀態，強烈的入世精神洋溢在詩歌之中。慷慨悲壯的語詞、跌宕起伏的結構也完美地體現出杜甫詩歌典型的沉鬱頓挫風格。

若是有機會去參觀成都的武侯祠，願把這首詩歌默默地裝在心中，想像著杜甫曾經踏上武侯祠的台階時回憶起諸葛亮的動人事蹟，而如今，我們帶著這份景仰和懷念又重新出發，撥開嬉鬧的人群，品出些歷史的意味來。

後記

何以唐詩

唐詩，我們自小便讀。

唐詩初寫成，落在筆間的自然是詩人的心境，可是在歲月長河中磨礪之後，在一代代讀詩者的心裡打磨、醞釀，詩歌本身早已超出了詩人寫詩之時的心意，那點點文字鏤刻上讀詩人的生命記憶，又重新幻化出嶄新的闡釋境界，不可不謂之歷久彌香。

唐詩本身呈現的就是一個開放的世界，它誕生在唐朝，然而其真正的生命魅力卻是隨著這個朝代的滅亡而開始發光的。各種各樣的人與物都在運用自己的方式記錄著唐詩的脈動，時間與歷史的塵埃沒有湮沒這光彩奪目的藝術之美，反而在某種程度上促成了一個個唐詩伯樂的崛起，在芸芸眾生一目又一目的審讀中，這遠古的呼喚竟與當下的生命體驗遙遙相望，編織起更加璀璨的靈魂世界。「詩無達詁」，詩歌的魅力也恰恰在於「詩無達詁」，它所呈現的絕不僅僅是這有限的文字，而是在文字背後沉默而豐饒的情感世界。唐詩世界的不斷豐

富延展，需要你，需要我，需要每一個愛詩人的熱忱。

何以唐詩，唐詩本身就是文學的一種勝利，更是華語世界的一種榮耀。

當這個喧譁騷動的現代化世界正在以各種各樣的誘惑召喚著人們，或許唐詩的世界對於這個社會上大多數為了衣食之足拚搏的人來說已經漸漸感到模糊，有些甚至覺得遙遠而陌生了。生活只顧著低頭向前，而曾經也為一首詩感動難眠的夜晚早已凝結了。詩歌，重新喚回生命的記憶，人生的思考，溫暖你冰冷的心靈；那一刻你開始瞭解存在是為了什麼，你開始意識到生活中「我」的價值。

借用當下的潮流一句——人生不只苟且，還有詩與遠方。此情此景此心頭，唐詩帶給我們的意義遠大於娛樂、認知與審美，更讓每一個生活在現代的人們重新審視過往，珍惜當下，帶著夢想從容向前。

看！那詩所指的方向，那光與影的交織處，隱隱地浮現未來。